原本以為跑步的人都是笨蛋

松久淳 著
邱香凝 譯

前言

我才不會用馬拉松來比喻人生呢，絕對不會！

打從十幾歲開始，在超過三十年的人生中我本人完全拒絕從事任何運動，這在後面書中內文也會詳細提到。一直以來都是一百六十九公分、五十二公斤的瘦排骨虛弱體質，過著雷打不動的夜行動物文青生活。

在四十歲那年戒菸後，竟然一個月內就暴肥十六公斤，變成一百七十一公分、六十八公斤，一個不小心就可能罹患慢性病的中年發福體態。然而，晝夜顛倒的文青生活型態依然沒變，我成了每天晚上酗酒到天亮，極端不重視養生的中年人。

這樣的我，為什麼會在四十五歲時下定決心慢跑呢？一開始連五十公尺都跑不完的弱雞體質，為什麼會「一頭栽進」慢跑的世界呢？又是從何時開始，跑超過十公里對我來說已成為小菜一碟了呢？還有，最後我甚至挑戰了全程馬拉松，結果又是如何呢？

以上這些，就差不多是本書的內容。請容我先聲明，我原本就是個性不正經的中級作家，既沒有從慢跑中感悟人生的意義，也寫不出什麼高尚的文學記述。

我才不會用馬拉松來比喻人生呢，絕對不會（請用槙原敬之的曲風讀這句話）。關於該怎麼做才能跑得更好，在本書裡並沒有這類實用的建議。只是，雖然沒意義，但我仍暗自期待各位讀起來會覺得有趣。此外，要是我實際跑過的路線能成為讀者在東京慢跑（或散步、騎腳踏車）時的參考路線，那將是我的榮幸。

附帶一提，這麼搞笑的散文，最初卻是在健康與體適能的重鎮《Tarzan》雜誌連載的。竟達成了謎樣的成就。而那些來自全國上下跑者讚不絕口的迴響，很可惜我都沒聽見，各位也未免太低調了吧。

讀了本書之後，請不要客氣，盡情發出歡呼與尖叫聲吧。

對了，現年五十歲的我，或許拜跑步帶來的效果之賜，比五年前少了八公斤，維持在身高一百七十公分，體重六十公斤的體型（不知為何，我的身高隨體重變化，每增減八公斤，身高就增減一公分）。那麼，請容我在此宣佈一個單純的事實。

「跑步，會瘦。」

別人花一整本減肥書在講的事，我一句話就說完了。

松久淳

CONTENTS

STATION.1 | 百轉千迴的起跑點

STATION.2 | 於是一年後……

1 Chu-hai 是日本居酒屋常見，或在便利超商可以買得到的水果氣泡調酒通稱。

STATION.1

百轉千迴的起跑點

001

大叔立志上街跑

原本我以為跑步的人都是笨蛋。

我是真的這麼想的，當然這完全就是偏見。比賽就算了，又不是運動選手，普通人跑那麼長的距離有何樂趣可言？那種把馬拉松和人生畫上等號的論調令我嗤之以鼻，無論是跑步時穿的運動服或跑者臉上的神情，那種「認真感」也是看了就煩。

我最後一次從事像樣的運動，大概可回溯到小學四年級加入少年棒球隊打的棒球。十歲之後，我就放棄所有運動了，過著極度文組的生活。出社會之後，工作時會用動到的肢體只有手肘到指尖這一段。儘管是名體虛男子，幸好年輕能彌補一切，即使一邊嘆氣說「本大爺就是體質虛弱」，偶爾熬夜工作還是辦得到的。

然而，這樣的生活型態終究迎來了極限。

大概是三十五歲前後吧，每年總會有一次身體出現原因不明的狀況。不、原因一定是有的，只是就我自己的感覺，那真的是「毫無原因」的發作。

全身上下倦怠無力，背部和腰部則脹得不太對勁。頭暈腦脹，腸胃不知道是哪裡出了毛病，一直有股反胃感。腳步不穩，老是盜汗不舒服。

起初幾年，我把這事看得很嚴重，只要一出現症狀，就算深夜用爬的也要爬上計程車，直奔醫院急診室。抽血、照X光……只要能當場做的檢查全都請醫生幫我做了。恕我忽然提起了錢這件事，因為深夜掛急診的關係，印象中醫藥費的自付額將近一萬日幣。明明付了這麼多錢（儘管這麼說顯得我很小家子氣）醫生們卻總是說那句話。

「找不出特別的問題。」

不是啊，我都花了這麼多錢，總該有個值得花這筆錢的問題吧。我甚至沒來由的發起了這種脾氣。

這樣的狀況持續了幾年，後來我不只掛內科，連外科檢查也去做做看。因為早就有腰痛的毛病了。醫生說「腰痛或許是原因之一，但若問腰痛會不會引發那麼多症狀，這我就不敢保證了。」

又過了幾年，我下定決心去看身心科。早有自覺每天承受非同小可的壓力，但醫師依然不能肯定壓力和身體狀況之間有任何因果關係。

綜合至今醫生給我的意見，加上自己種種調查的結果，我自行得出結論。簡單來說，可能是「自律神經失調」。

除了一年一度、已成慣例的身體不舒服症狀外，諸如老是很睏，做什麼事都提不起勁就過了一天，或是被害妄想變嚴重，不知不覺就發出「嘖」的聲音等等，都可以用這個病名來解釋。

有了這樣的自覺，我反而多少獲得了一點安心感。身體的種種不舒服症狀，是在釋放體內累積毒素，做一年一度的排毒（雖然身體狀況很差，身心都很難受），我開始能這麼想。

然而，我又面臨了下一階段的考驗。

到了年屆四十四歲之後，短短一年內就遭到兩次「排毒」襲擊。

這次，無論內科、外科還是身心科，每位醫生都提到的一句話，在我腦中縈繞不去。

「請到陽光下運動吧。」

診療時，只要我一說明生活狀況，必定換來這句話。每次我都厭煩地想「又來了」。

「睡到中午才起床，白天幾乎坐在電腦前，半夜出門喝酒到天亮，回家再睡到中午起床」，聽到這個，就算是外行人也會說「請到陽光下運動」。連我也會說。

多年來我一直以這種型態生活和工作，事到如今哪有辦法改變啊。懷著這樣的心情，我向來把這句話當成耳邊風。沒想到，如今這句話終於鑽進我的耳朵，抵達我的腦中。

得到陽光下運動才行了。

說好聽點是犯太歲。不只四十五歲前一年一度慣例的身體出狀況，我整個身心都生了嚴重的病。好不容易過了那一關，現在人生中的艱難考驗再次襲來（除此之外我不知道還能怎麼說），連生存意志都喪失了。

差不多該脫離這種狀態了。必須好好活下去才行。

若說得誇張一點，心情就像這樣。

我就住在中目黑這個全東京裝模作樣等級最高的地區，如果要找一條車不多，號誌燈少，又不太會妨礙行人的路，第一個想到的就是目黑川沿岸的散步道。另外還有一條，那就是「蛇崩綠道」。

蛇崩。要是有「聽起來感覺很猥褻的地名大賽」，這個我從以前就很在意的地名大概可打進滿前面的名次。不過那件事和本書無關。

我有一件忘了什麼時候在哪裡買的，而且大概已經十年沒穿上身的愛迪達運動服和一件七分運動褲。再套上平常去附近時穿的耐吉球鞋，走出家門。

兀自對自己這一身儼然跑者的打扮難為情，走到蛇崩綠道後，卻又卯足了勁跑起來。

結果，跑不到五十公尺就腿軟了。

還不到一百公尺已經喘不過氣，只好停下來。

這是怎麼回事。應該說，我的身體是怎麼回事？打從一開始就知道自己體力很差，可是，沒想到差到這種地步！

其實根本沒人注意我，就算看到也不會覺得怎樣，但我還是一邊祈禱自己這副丟臉德性別被任何人察覺，一邊踩著落寞的腳步回家。然後，我這麼想。

「不習慣做的事就不該去做嘛。」

勉強運動只會對身體造成多餘負荷，我決定，今天的事就當「沒這回事」吧。

這是發生在我四十四歲，還差一點就要迎向年底四十五歲生日時的事。

隔年三月，身體居然出現了一年內第三次的「故障」。這次情況真的是火燒屁股的危急，只能壯士斷腕了（只是想試著一律用跟身體部位有關的成語啦）。

三月二十五日，我帶著和上次完全不能比擬的決心開始跑步。在這一星期前慎重迎來了成年後第一次的尿床，驚愕之餘決定重拾跑鞋，這件事當然沒有告訴任何人。
在這之前，我聽了身邊幾位有跑步經驗的人的意見，得知只要使用 iPhone 的跑步ＡＰＰ，就能測量自己跑過的路線、公里數和時間。
這次我決定選目黑川沿岸這條路線。按下ＡＰＰ按鍵，悠閒地朝目黑川方向開跑。雖然不知道決心和體力之間有什麼關聯，在感覺痛苦之前放慢速度，覺得難熬了也不勉強跑步，改成用走的，就這樣好歹跑到與第一條普通道路交會的地點，來回兩趟。
二點八公里。二十三分三十秒。每公里配速八分十九秒。平均速率七點二公里。
換算下來，頂多稱得上是「速度挺快的健走」。話雖如此，我還是累得不成人形，而且馬上遭逢肌肉痠痛，走路一跛一跛的慘劇。
不過，這次的我不同以往，洗心革面。隔天、再隔天，以及接下來的每一天，沒有一天不跑步的日子就此展開了。

RUNNING LOG 2014年3月25日 2.8km

002

適合阿宅的運動

雖說跑步的人百百種，我想，自己一定屬於適合跑步的那一種。

一個人獨處也不以為苦。只要立定目標，就能默默達成。有全成就要素蒐集癖，不全部通關誓不罷休的阿宅病。

這些也都是適合當小說家的資質。聽起來好像很帥，簡單來說，就是討厭團體行動的阿宅意外適合跑步。

此外，這個時期的我雖然還不懂，後來就知道可以用「今天跑多少公里」、「目標跑到哪裡」和「一個月要達成多少公里」等設定目標來提高跑步的意願。總覺得，與其說是體能問題，不如說跑步這件事與阿宅性格異曲同工。不是身體想跑，而是期待看到跑步

APP上的數字成果。從健康層面來看，根本本末倒置。

總而言之就是這樣，從四十五歲那年三月二十五日開始跑，接下來我竟然像被什麼附身似的每天出門跑步。直到第十天下雨才休息。開始跑步的第一個月，沒出門跑步的日子僅有三天。

一開始我什麼都不想，一起床（雖然都過中午了）洗臉刷牙上完廁所，趁外面還有陽光時就出去跑，抱著要養成習慣的心情去做這件事，這樣的心態或許很重要。當然，我不否認「要做就要做徹底（不做就完全不做）」的阿宅性格也有影響。

跑步的地方就是目黑川沿岸和（地名）聽起來很猥褻的蛇崩綠道。二點八公里，二十三分鐘三十秒，平均每公里的跑速是八分十九秒，其中有一半用走的。這樣的成績從開始跑步的第一天起，好一段時間都沒有改善。

過了三星期，停下來用走的次數減少了，雖然跑得慢，至少還稱得上是跑步。此時一天跑四點三九公里，三十四分十一秒，平均每公里的跑速是七分四十七秒。儘管數字看上去不怎樣，在自己心中已經算很大的進步，為這一點微小的差距感到開心。

一方面自嘲「從這症狀看來，完全是迷上跑步了嘛」，一方面無法阻止自己跑步後盯著APP的GPS，一邊嘴角上揚一邊喝酒。看在熟識的居酒屋店員小哥眼中，那副德性一定很噁心吧。

就這樣，又過了一星期，第二十九天出門跑步的四月二十三日。從中目黑出發的我，先沿著目黑川跑，跨過目黑區後，跑到大崎的首都高速道路目黑線附近才折返，距離終於突破五公里。

儘管全程花費超過四十一分鐘的時間，每公里配速將近八分鐘，心中依然湧現一股難以言喻的成就感。深夜的居酒屋裡，我再次打開跑步APP查看跑步成績，點開GPS地圖一下放大一下縮小，嘴角不斷上揚，Chu-hai也一杯接一杯。看在店員小哥眼中，把那些彎彎曲曲的路線一下放大一下縮小的我，大概和拉長人中盯著色情圖片配酒的中年大叔沒兩樣。

然而，誰也沒去指正跑步當下不嗨，卻在這種地方為跑步而嗨（請用彷彿某種新口味Chu-hai的語調讀這段）的我。

五公里這種距離，看在現在的我眼中根本是睡著也能跑的距離。不、睡著當然是不能跑啦，不過就算感冒或嚴重宿醉，現在這點距離對我來說已經是「去去就回」的程度。可是，對一開始只跑一百公尺就差點暈倒的我來說，五公里可是前人未達的境界。

「就快要看見宗家兄弟」的背影了……」

啜飲小酒，眼神放空，口中情不自禁如此低喃的我，果然是六〇年代出生的小孩。

好喔，到了這個地步，原本冷靜認真又內向的我開始得意忘形，心想也差不多該端出跑者的架子了。平常只會說些「我這種人不成氣候啦」等過度謙遜的話，一旦跨越某個關卡就會瞬間擺出一付內行人的嘴臉，這也是行動派孤狼的阿宅性格之一。

好的，既然要端出跑者的架子，首先就得從外表做起。

當時每天還是穿著以前買的那件黑色愛迪達短袖運動衣、茶色七分運動褲和 Hanes 的防風夾克，腳踩耐吉白色舊球鞋。上下兩件運動服都是天天洗晾重複穿。

這段時間，只要是沒出門跑步的日子，我都掛在網路上，打開 Amazon 的購物頁面，打上「跑步」關鍵字搜尋商品，仔細研究。一個月前別說對運動用品毫無興趣了，連看到真正有在跑步的大叔穿那種乳頭激凸，連蛋蛋都快遮不住的專業跑服時，我甚至還會心生厭惡。

不管怎麼說，沒別件替換的運動服也不是辦法，於是滑鼠一點，買下一件愛迪達的三千日圓短袖T恤。顏色是粉紅色。其實我不是特別喜歡粉紅色，只是（以我的狀況來說）和四十歲過後連內褲都傾向選鮮豔色彩一樣，一定是潛意識中選擇了「容易辨識」的顏色。

此外，原本跑步時都把手機放在防風夾克口袋，但這樣實在晃得太厲害，就又滑鼠一點，買下九百日圓的鬆緊帶腰包。從此之後，只要把手機、Suica卡[2]和一張千圓鈔票跟兩枚百元硬幣放進去，就能出門跑步了。

瞬間點燃興奮心情，讓我自認「我也是個像樣跑者了嘛」的配件非「太陽眼鏡」莫屬。跑者就該戴太陽眼鏡啊，就連過去不太看馬拉松轉播的我，對高橋尚子[3]最後衝刺前摘下太陽眼鏡往旁邊一拋的帥氣場景也是印象深刻。

那麼，該戴怎樣的太陽眼鏡好呢？從來沒運動過，一直以為太陽眼鏡是與我無緣的商品。話雖如此，其實內心一直暗自嚮往鈴木一朗戴太陽眼鏡的英姿。問題是，白天偶爾才會出門走動的我就算有時也戴太陽眼鏡，那也只是比普通鏡片顏色深一點的東西，總不可能戴著鈴木一朗那種太陽眼鏡搭東橫線電車吧。然而現在，我終於有機會光明正大化身鈴木一朗了！（上面這段正確的心境轉折實際上省略了不少文字。）

簡單來說，不過是普通的運動墨鏡，但是將Amazon寄來的這橘黑雙色配件戴上那一瞬間，「磅磅磅磅～」耳邊彷彿響起《勇者鬥惡龍》中獲得「勇者之盾」時輕快又榮耀的音樂。

好的，蛇崩綠道上的各位，一位有點厲害的跑者將如一陣疾風般從各位身邊經過囉。

不是鈴木一朗，請別嚇到了。不知是否錯覺，總覺得那天跑步時的風吹起來比平常舒服，連腳下踩過的土地彷彿都在推著我前進。

跑完後，揮灑清爽汗水走回家時，正好在馬路對面看見要去上班的居酒屋店長。我就像接殺了第三人後，把那顆右外野高飛球朝觀眾席一丟，瀟灑往回走的一朗，食指豎在鼻子前揮了揮，往板凳區（其實是我家）走回去。

那天晚上，懷著被稱讚「您今天超帥耶！」的期待前往那間居酒屋。笑著迎接我的店長把第一杯啤酒放在我面前，然後這麼說：

「白天看到您的時候沒事吧？您看起來一副快死掉的樣子欸。」

成為一朗的這條路，看來還有那麼點遠。

1 宗家兄弟是八〇年代日本知名的雙胞胎馬拉松好手。
2 Suica卡又稱西瓜卡，類似台灣的悠遊卡或一卡通的電子儲值交通票卡。
3 高橋尚子是日本知名女子馬拉松好手，曾於二〇〇〇年雪梨奧運馬拉松項目拿下金牌。

RUNNING LOG 2014年4月23日 5.0km

003

追著降雨雷達跑

雖然不是為了減肥目的開始跑步，每天跑的距離也不長。儘管如此，像這樣每天持續跑步後，原本將近七十公斤的體重，在一個月內掉了兩公斤，隔一個月又再少了兩公斤。

於是我察覺了一件事。至今我在跑步的時候，胸部和屁股都ㄉㄨㄞ、ㄉㄨㄞ搖來搖去。路過的人肯定以為看到性感肉彈跑過去，忍不住回頭再看一次吧？哎呀，好害羞。

稍微說點關於我個人的事……不、應該說這本書從頭到尾說的都只是我個人的事。總之，從十五歲到四十歲，我一直維持身高一百六十九公分，體重五十二公斤的體型。或許是胃下垂的緣故，擁有不管做什麼都不會胖的體質。

然而，就在三十九歲結束前後，除了前面提到的「身體不明原因作怪」外，每天

早上都會嘔心想吐，後來終於受不了的我心一橫，就把在那之前一天抽兩包的LUCKY STRIKE給放棄了（簡單來說就是「戒菸」）。

這麼一來，不知道是刺激了腸胃蠕動還是嘴巴容易餓，吃東西份量增多，短短一個月內胖了十六公斤。簡直就是超高速變身。打個簡單明瞭的比喻，就是從小倉一郎先生變成財津一郎先生了，雖然我不知道他們兩位的體重就是。再說，總覺得似乎還可以舉出更好的例子。

在這個階段，我還一心以為「過去自己太瘦了，完全是個排骨精，現在這樣的體重才差不多正常」。畢竟這輩子從來沒胖過，也不知道怎樣叫「胖瘦剛剛好」。直到一轉眼少掉四公斤後，才拜跑步之賜發現自己之前胖到差點得慢性病的地步。原本總覺得「身體好像重重的」，原來不是比喻，是真的重。

那麼，等我真正瘦到「剛剛好的體型」，愈來愈像個名實相符的跑者時，才想到自己不能老是穿那雙只在家附近走動時穿的耐吉球鞋。再說，仔細一看，這雙鞋也破了好幾個洞。因此，開始跑步兩個月後，我終於前往澀谷的ABC MART購買慢跑鞋。

當時買下的，是一雙橘黑配色的耐吉球鞋，從此奠定了我跑步時的造型。之前買的太陽眼鏡也是橘黑雙色，換句話說，就是職棒巨人隊的顏色。

原因說來話長，請容我在此省略，總之，雖然我是養樂多燕子隊球迷俱樂部的會員，其實從小就喜歡巨人隊。其中最喜歡的，就是很可惜已於二〇一六年從球場引退的代跑專家鈴木尚廣，只要看到他上場，我就會熱血沸騰。

那麼接下來，請讓我花上五頁的版面闡述鈴木尚廣有多棒（※編按／已強制刪文），如此一來各位就能理解，當坐在神宮球場燕子隊那一側的看台上觀賽，聽到尚廣即將上場代跑時，偷偷握起拳頭的我內心有多激昂。

半年後，再度添購橘色手套的我，化身鈴木尚廣的造型接近完成。此一階段我的跑步穿搭主題是「無論何時被巨人隊球探發現都沒問題」。那件粉紅色運動上衣早已變成睡衣，橘色上衣配黑色跑褲就是我的基本態度。啊、蛇崩綠道上的各位，你們看到的那位不是巨人隊二軍在自主訓練喔，請別誤會。

不知道是不是託造型定案下來的福，跑完五公里不用三十分鐘，愈來愈意氣風發的我，五月下旬卻遇上我跑步人生意想不到的勁敵。

那就是雨。說得清楚一點是梅雨。

中午睡醒時，一如往常刷牙、上廁所，慣例巡一遍色情網站結束後（最後那部分大家都很快就掃過去了嘛），換上鈴木尚廣的裝扮後往窗外一看——「咦？」

要是下起豪雨也就算了，這麼一來只得乾脆放棄。然而，上網查看氣象預報，下午的降雨機率是百分之三十。多麼尷尬的數字。在這個時節，這樣的天氣愈來愈多。

這種時候的我會先換好運動服，坐在電腦前，或工作或不工作或看與工作無關的東西。每隔三十分鐘抬頭看一眼窗外的天空，日復一日。只要一看到雨勢稍微減弱，立刻迫不及待衝向目黑川沿岸或蛇崩綠道。

不只如此，遇到連續兩天下雨的日子，怎麼也按捺不住的我就算下著小雨還是會出去跑步（背景音樂請下〈LA・LA・LA・LOVE SONG〉其中一段反覆自動播放）。

這樣的狀況下，若說除了窗外我還會看什麼，那就只有「降雨雷達」了。窗外的天空是每隔三十分鐘看一次，電腦上的降雨雷達可是每十分鐘就檢查一下。

所謂降雨雷達，是根據降雨量從表示豪雨的紅色開始，依序以橘色、綠色、藍色和代表小雨的水藍色來顯示降雨程度，詳細顯示接下來一小時降雨趨勢的世紀大發明。

別看我把這項世紀大發明寫得一副理所當然的樣子，在那之前，氣象預報對我來說就是外出時以百分之五十降雨機率為基準判斷要不要帶傘的工具而已。降雨雷達什麼的，根本從來沒有注意過。

可是，成為Every day runner的我，現在已是降雨雷達的重度用戶。中目黑上空何時有偏厚雲層經過，何時大概會變成「水藍色」，又或者何時會正式下起雨來，我都能一手掌握，趕在下雨之前出去跑一趟。

點著滑鼠不斷觀察雲層雨勢狀況的那副模樣，宛如《不可能的任務》等動作電影中擔任駭客，負責攻破大樓安全防護，為正開車疾駛的夥伴做出指示的角色。為了在有限時間內完成任務而奔跑的湯姆克魯斯也由我一人分飾兩角。

下小雨時出門跑步，跑著跑著雨停了，一回到家雨勢正好又再變大。這種時候我臉上寫著「一切都在本大爺的掌握中」的那個表情，各位當然不可能看到，要是看到的話肯定會火大地「嘖」我一聲。

好的，在這跟著降雨雷達跑的時期，大概因為已經跑入第三個月，開始游刃有餘了吧，我偶爾也會嘗試「變更路線」。

變更路線。這是我自己亂取的名稱，就算用這關鍵字上網查也查不太到什麼，說不定連文法都是錯的。不過簡單來說，就是去程先沿目黑川或蛇崩綠道跑，回程改跑隔壁條馬路或旁邊住宅區的小巷之類的。

現在回想起來，這種事也沒什麼，充其量只是「繞個遠路」。然而，當初每次跑進沒跑過的道路時，總會忐忑不安地想「跑這條路的話，距離是不是會增加不少啊？」「萬一跑到一半太累跑不動怎麼辦？」不過，很快地從陌生道路跑回熟悉路線那個當下，我感受到了難以言喻的喜悅。

正是這種喜悅，促進我更想跑步的意願，這件事就輪到下回再說吧。

RUNNING LOG　2014年5月25日　5.0km

004

想前往遠方

炎炎夏日，暑氣開始發威的七月，我的跑步生涯也迎來了幾項變化。

首先是防曬對策，我開始戴上花一千一百八十八日圓從Amazon買來的帽子。如果問我「那又怎樣」還真的沒怎樣，只是這對我個人而言，算是一件大事。為什麼這麼說呢？其實我的頭從小就大，脖子以上還呈倒三角形（小學時不管轉學幾次，綽號都是「御飯糰」）。少年棒球隊的制服帽子，隊上就只有我一個人戴不進去，這麼恥辱的過去我從來不曾忘記。

反正總而言之，我戴帽子就是難看。可是，這幾年大家都在提醒預防中暑，我實在也提不起勇氣堅持不戴帽子跑步。所以，就像許多不適合戴帽子的傢伙一樣，我把帽沿往後

反著戴。

其次，嫌每次都要上便利商店買太麻煩，現在也已經不這麼做了，改成直接在網路上一次訂購一箱寶礦力（五百毫升的一箱二十四瓶）。還有，訂購寶礦力的時候，也會順便一起買 Weider in Jelly 的「乳清蛋白」。

我就老實說了吧。開始有點覺得「都跑成醬了，身體像一點運動員的樣子也不會遭天譴吧？」是說，我也不知道自己為什麼要用年輕人的語氣講話。

先說結果吧。除了乳清蛋白，之後我還嘗試了胺基酸，可是關於體格的變化，可能原本體質真的太差，儘管減輕了八公斤體重，還是沒養出半點肌肉，肚皮也依舊鬆垮垮。只能說，每天跑步的速度追不上老化的速度吧。

至於跑步這件事本身有什麼變化呢，話題先拉回前一個月，我第一次挑戰了「循環路線」。平常都在離中目黑二點五公里的地方直接折返，這次改從三宿往學藝大學的方向跑、沿著目黑通再往下到大鳥神社，再經由山手通回到中目黑（不熟這一帶的讀者請參考 Google 地圖，不過話先說在前頭，我拒絕聽到任何『怎麼都是些裝模作樣地方』的評論喔）。

結果，這條路線共跑了六點一一公里，總時間三十六分二十秒，每公里配速是五分五十七秒。總距離首次突破六公里，配速也跑進了六分鐘內。上回提到跑沒跑過的路能促進我的跑步意願，正是從這次之後的事。

（請想像傑瑞・藤尾先生美妙的嗓音）♪想跑在陌生的街道上～想去某個（能在六公里內回來的）遠方～

那時，其實直到現在也是，這就是敦促我想去跑步的最大動力。去程和回程想跑不一樣的路線，今天和明天也想跑不一樣的路線。想去沒跑過的地方跑跑看。或者這麼說吧，要是身旁景物一成不變，跑起來不就一點意思也沒有了嗎。

因此，那些在健身房跑步機上同一定點跑步的人就不用說了，連那些始終只在駒澤公園或代代木公園內繞圈子跑的人的心情，坦白說我實在不太能理解。不、與其說不能理解，不如說自己辦不到，為了鍛鍊身體做到如此清心寡慾的地步，也只能說佩服了。

順帶一提，雖說我有駕照，但卻沒有車。不只如此，十八歲考到駕照後，甚至連一次都沒開過車。從未有女生靠在我身上撒嬌說「人家想去看海」，我也不曾用單手抓著副駕駛座的椅背上倒車。

我想說的是，別說開車了，連機車也沒騎過的我，換句話說，當然從來沒有把車停在海邊的那一瞬間真心擁抱過誰（請搜尋關鍵字「近藤真彥」），連腳踏車都超過十年沒騎。日常移動幾乎都是搭電車，尤以搭地下鐵居多的我，跟別人比起來，對東京都內甚至自家附近的路都是壓倒性的不熟。或許正因如此，對跑步時眼前景色湧現的感動也比人家強烈。

以《勇者鬥惡龍》為例來說的話……（以下省略）

此後，我的跑步路線從目黑川沿岸延長到目黑不動尊或油面（如果有「感覺油膩膩街道名稱」比賽的話應該會是第一名），有時也從蛇崩綠道延長到穿越整個世田谷住宅區。住這些地方附近的各位，「中目黑韋駄天[2]」要經過了唷。

還有，不屈服於炎熱的天氣，我第一次嘗試在國道二四六號沿線跑步，有時再繼續往下跑，從松見坂穿過淡島通，再從山手通跑上目黑權之助坂，沿著首都高速二號目黑線幾乎無人經過的黑暗小路鑽出去，往惠比壽花園廣場的方向跑……像這樣增加了各種跑步路線。這些也都請各位自行參考Google地圖（以下同前頁）。

在深夜裡的居酒屋慣例舉行的「拿GPS顯示結果當下酒菜，一杯接一杯喝Chu-hai」大會（獨自一人舉行）氣氛愈來愈熱烈。顯示在跑步APP地圖上的「今日戰績」，不只公里數的拉長帶來了喜悅，「稱霸」沒跑過的路線更是令我心滿意足，「再來一杯」的次數足以為居酒屋生意做出不小貢獻。

此外，跑了這麼多地方後的我，又發展出一個十分有趣的新嗜好。

那就是「用地圖測量距離」。前面寫到梅雨季時我動不動就盯著「降雨雷達」看，這次則是沉迷於上網找新路線。

「用地圖測量距離」就如名稱所示，是一種只要用滑鼠點擊地圖上的地點，就能得出兩地間距離的超棒系統。還有，因為再精密的距離都能對應，無論多彎的轉角或彎道，幾乎都可正確得出「走這條路過去的距離是幾公里」。

我沉迷於「用地圖測量距離」，一天裡要量上好幾次。不、搞不好是幾十次。

以中目黑車站為起點，往代官山方向前進，沿八幡通到並木橋，走明治通到澀谷，再走國道二四六號到池尻，然後從山手通跑回來的話……喔喔，來回差不多五公里左右嘛！

就像這樣，拿著滑鼠喀嚓喀嚓點擊，一下發出讚嘆聲，一下沮喪地想「哎呀，想跑到環狀七號線繞一圈再回來果然有點太拚……」，對著電腦螢幕也能展現喜怒哀樂各種情緒的我，未免太擅長一個人獨處了吧。

不只如此，儘管我老家位於東京葛飾區這個「二十三區中最（自主消音）的區」，遠得和足立區有得比，我仍根據「假如從中目黑跑回老家」的假設，模擬測量最短距離該從哪條路跑到哪條街。一手拿著咖啡點頭咕噥「原來如此……」，到底是在原來如此什麼，我自己也不確定。總之，心情就像正在閱讀學術論文的大學教授。

這種模擬路線的過程，更加提高了我對跑步的動力。

七月十二日，也沒好好確認跑步ＡＰＰ就按下停止鍵，搞得自己非常後悔，不過距離終於突破到七點九四公里。唉，要是跑的時候有好好看著ＡＰＰ顯示數字，再多跑個六十公尺就能「達成八公里！」了說。

即使如此，這個從中目黑跑到並木橋，再沿明治通到惠比壽，從首都高速二號目黑線到目黑，跑下權之助坂後從大鳥神社到中目黑的路線，我跑出了總時間四十九分二十秒，每公里配速六分十二秒的成績，是至今跑過最長的距離，配速也很不賴，卻不能向任何人炫耀，真是讓我不甘心地好想找個人來炫耀一番啊。繼續這樣下去，很快就能輕鬆跑完東京馬拉松了啦！

才剛這麼想，隔天得意忘形跑起來的我，跑到六公里左右時，腳踝正式受了傷。

1 傑瑞藤尾是一位日英混血的日本老牌的歌手、演員，出生於一九四〇年，並於二〇二一年過世。

2 韋駄天是佛教護法神將，傳說曾用飛快的速度取回被盜走的佛牙，用來形容「跑得很快的人」。

RUNNING LOG 2014年7月12日 7.94km

004

想前往遠方

START	中目黑
GOAL	中目黑
RANGE	7.94km

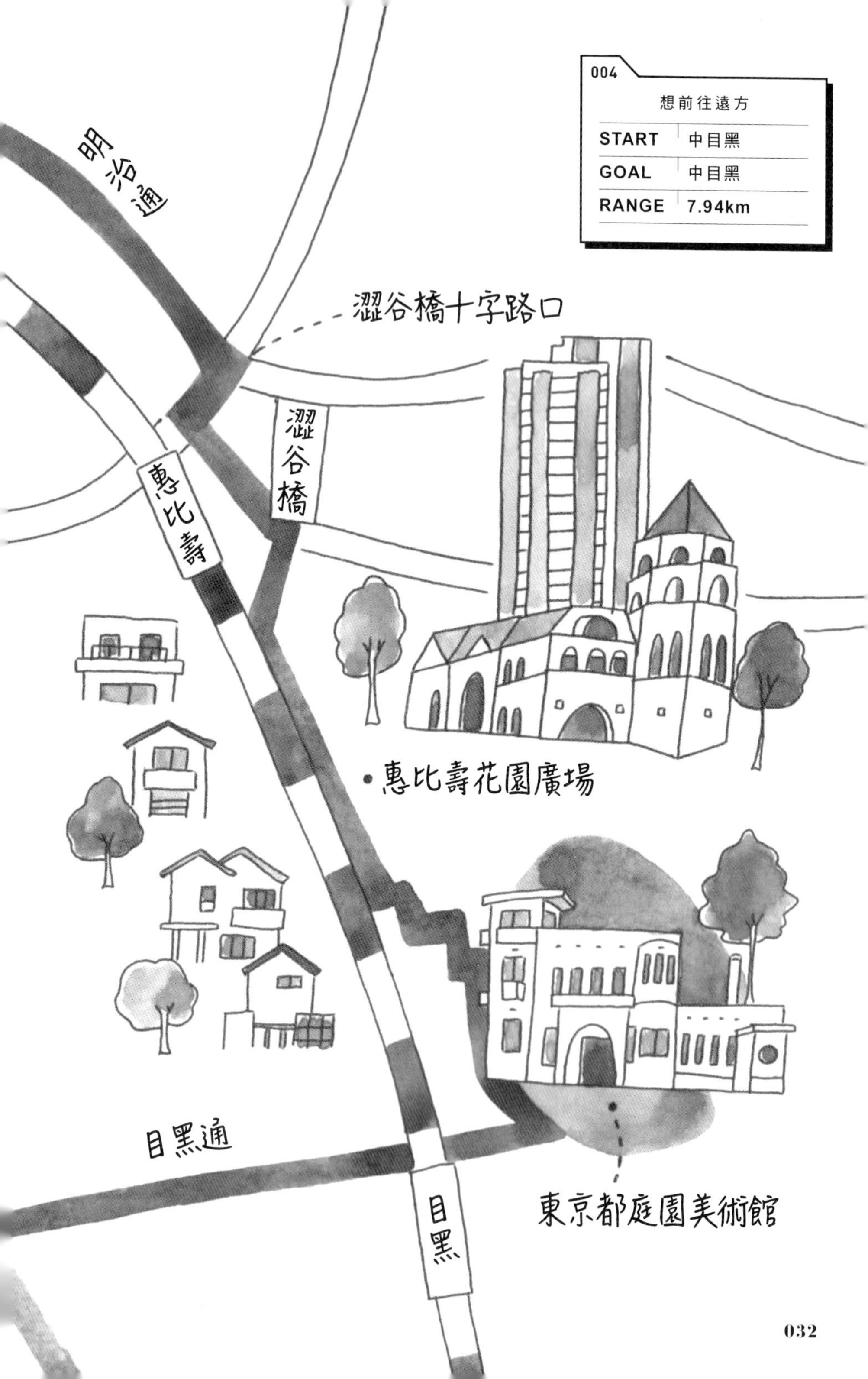

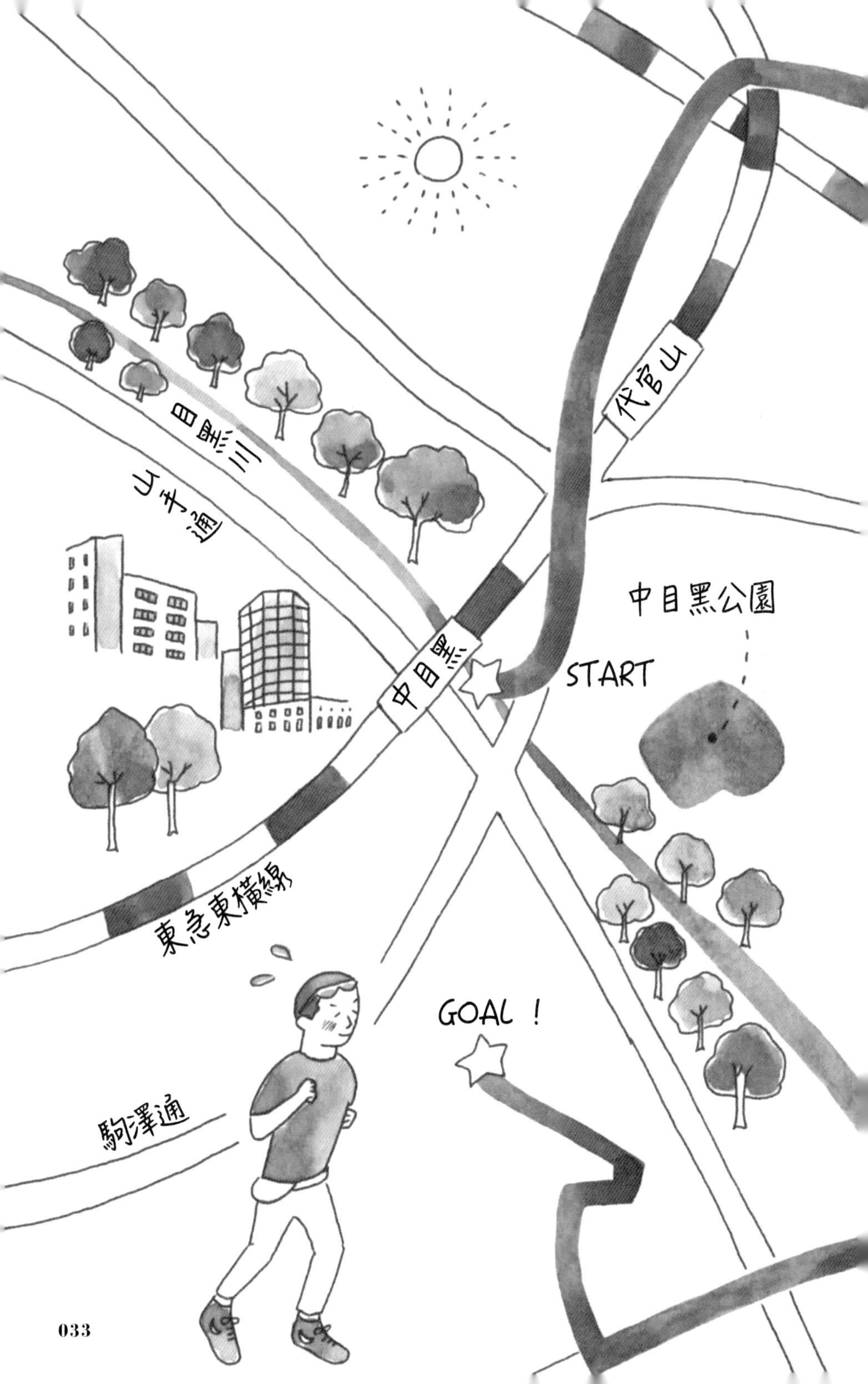

目黒川
山手通
代官山
中目黑
START
中目黑公園
東急東橫線
GOAL！
駒澤通

005

將翅膀剃毛的天使

就在第一百次跑步的途中。

啪嘰啪嘰啪嘰。

名符其實就是這種啪嘰啪嘰的感覺，腳踝竄過一陣疼痛。

昨天跑完八公里後，確實比平常更累。自己也有感覺不太對勁，但只以為那是跑完長距離的暫時不適，也沒有懷疑太多。

連對這附近地理環境不熟的讀者，應該也差不多要把地名記住了吧。總之，從中目黑往池尻方向跑，再沿淡島通到淡島十字路口，接著從這裡轉往三宿，上蛇崩綠道後跑回中目黑。總距離六點九公里，總共花四十一分二十三秒，配速正好每公里六分鐘。距離和時

間都還可以，只是跑到四分之三左右的地方時，最初的「啪嘰啪嘰」來襲。
咦？有點狐疑的我放慢速度。後來回頭想想，那時大腦可能有分泌某種程度的腎上腺素，痛感很快就消失了（我自以為）。接著又調回原本的配速跑了一陣子，再度「啪嘰」，我也再次放慢速度矇混過去。就這樣反覆了幾次，當然對腳踝不是一件好事。
到了隔天，右腳踝後側的疼痛依然未消失。
腳踝痛到不能跑，對我這個已經可說是跑步跑上癮的跑步依存症患者來說，這可是傷腦筋的一件大事。只不過是腳踝痛就無法跑步，就健康層面來看也不是一件好事吧。說著這種自己都抓不到重點的莫名其妙言論，無論如何腦中只有「馬上就想去跑步」如此念頭。
因此，我向當時讀國中，參加足球隊的兒子打聽，去了他固定會去的骨科就診。那間診所在都立大學車站附近，特別擅長運動傷害的治療。在那裡拍了X光片，醫生也進行了觸診，最後宣佈：「是足關節後方夾擠症候群。」
添加去屑因子[1]？
才不是在講洗髮精的事呢。反正詳細情形我也不太懂，綜合醫生說的和上網查到的資訊，大概意思就是關節周圍的軟組織受到擠壓產生疼痛，我猜啦。嚴重的話也有需要動手術的狀況，不過大多時候只能「暫停運動」、「服用止痛藥」和「復健」，在這個過程中慢慢等待痊癒。

這樣啊。那我知道了。畢竟是個能明辨是非的成人，我對醫生深深低頭道謝，隔天開始按照醫囑，暫停跑步。

再隔一天，始終保有一顆少年之心的我，把前天醫生說過的話完全拋在腦後，又去跑了超過六公里。然後覺得「好像還有點不舒爽的感覺，可是也不是不能跑嘛」，於是第二天依然瀟灑開跑。

這天，跑了三公里左右，來到大鳥神社附近時，腳踝又是一陣「啪嘰啪嘰」的疼痛，這次已經無法靠放慢速度矇混帶過，最後是拖著右腳一拐一拐勉強走回家的。

果然該好好聽醫生說的話才對……畢竟是個能夠深切反省，記取失敗經驗教訓的成人，隔天我再怎樣也不可能不休息了。不過，接下來好一陣子不能跑步的話，我的跑步依存症該如何整治才好呢。至少得換個方式動動身體才行，不然會累積壓力。

在這樣的不安驅使下，我上網查住家附近的健身房。不過，查著查著我發現一件事。以前就嘗試過上健身房好幾次，每次都無法持續。馬上就膩了，馬上就懶得去。

因此，不失挑戰精神的我，立刻就把兩天前跑到一半放棄的事當作沒發生過，再次頂著大太陽出去跑步（待續）。

不出所料，腳踝發出至今最大的「啪嘰啪嘰」，對我發出哀號（劇終）。

七月二十日，不得不死心的我休息了一星期，打從開始跑步以來，第一次休息這麼久。這時的我正可說是折翼天使，傷痕累累的天使，壓力也不可避免地累積了許多。只有剛學會（自主消音）的國中男生忍耐一星期不（自主消音）的痛苦足以比擬，前所未有的考驗，逼近眼前的危機。

我的心情，就像效力國際米蘭隊時，因左膝蓋半月板受損，不得不長期脫離戰線的職業足球選手長友佑都。一下鈴木一朗一下鈴木尚廣，一再自比為運動選手的我，到最後連項目都從棒球改成了足球，真是非常抱歉。不過這時的我，套句足球員常說的「就像腳踝藏著一個不定時炸彈」。雖然我一點也不熟足球就是了。

是說，就算是棒球選手也常有「進入傷兵名單（DL）」的說法，要這麼說也是可以。

總而言之，好像在哪裡看過長友避開患部，鍛鍊身體其他部位的片段（單手放在一邊膝蓋上，伸長另一邊的腿或手臂進行訓練，雖然我也不是很確定這樣在鍛鍊什麼）。腦中浮現這個畫面，心想這就是現在的我應該做的事了。（因為都立大學那間醫院人很多），我就開始定期去代官山這邊的復健診所看診。

說來也是常有的事，做著讓人懷疑「這樣真的有效嗎？」的輕鬆簡單屈伸運動或拉筋程度的復健，開始感到厭倦（而且價錢還不便宜）的我，只去三次就不去了。

因為這些緣故，在這無法跑步的痛苦時期，我只好一整天不停地按滑鼠「用地圖測量距離」。「要是能跑個八公里，就可以走這條路線了」、「如果有辦法拉長到十公里，會跑到什麼地方去呢」、「想跑到多摩川或皇居一帶，得跑多少公里？」像這樣上網一一模擬路線，一方面陶醉其中，一方面為無法實際去跑而焦躁煩悶，日子一天一天過去。

就在這個時候，「啊！」我有了一個意想不到的發現，或說發明，這件事就等下次再說吧。

在那之前，其實有一件關於「自以為長友佑都」的小插曲，得先寫下來才行。

從前，剛移籍到國際米蘭隊的長友上了某個綜藝節目。那時他說自己和隊友一起淋浴，看見只有自己有陰毛，為此大感吃驚。原來歐洲球員各個都把下面的毛剃掉，大家竟然都是白虎。

不知為何，這件事牢牢留在我記憶中，應該說，我對這件事太好奇了。

等到自己開始跑步，這輩子從來沒流過這麼多汗，再加上夏天來臨後，每次跑步完，下面的毛汗溼黏膩的狀態實在讓人非常不舒服。

這時，儘管我不記得長友有沒有提到自己剃毛與否，總之除了受傷之外，我決定這方面也要與長友同步。

簡單來說，就是我把下面的毛剃掉了。

一開始用鑷子拔（痛得像拿什麼鑽進鼻腔），也買過流行的巴西脫毛蜜蠟，不管怎麼弄都會又紅又腫，實在不是辦法。在錯誤中嘗試與修正的結果，我發現只要用普通電鬍刀刮掉肚臍下方的毛，敏感部位再進浴室用T字刮鬍刀快速清理就好。

包括我自己在內，所有聽到這件事的人都擔心皮皺皺的地方會不會割到，我想告訴大家，其實出乎意外的安全。

不是要寫跑步的事嗎？我怎麼開起剃毛講座啦？

1 夾擠症候群（impingement）與去屑因子（Zinc pyrithione）發音相近。

RUNNING LOG 2014年7月20日 0.0km

006

搭電車GO！

「金栗四三嗎？」

「金ㄌ……？」

「金栗四三，日本的馬拉松之父。」

「就是在比賽途中中暑暈倒，隔了十幾年才抵達終點那個人嗎？」

「五十四年八個月六天又五小時三十二分二十秒三。很難超越的紀錄。」

（中略）「沒關係啦，總有一天抵達終點就好。」

「總有一天……」

「繞遠路又有什麼關係？像金栗四三，事隔五十三年抵達終點時，還說『這段時間裡，孫子都生了五個』呢。」

這是發表於二〇〇八年的小說《游過那年夏天 天堂的書店》（暫譯）其中一小段。

聽說金栗四三即將成為二〇一九年大河劇的主角（※原文於日本專欄刊出時間為二〇一七年），上面提到那段軼事，是真實發生在一九一二年斯德哥爾摩奧運上的事。日本馬拉松代表選手金栗四三在賽事途中昏倒，受附近一戶農家收留照料，直到隔天才醒來，留下「比賽中失蹤、下落不明」的奧運官方紀錄。然而，一九六七年，金栗受瑞典奧委會邀請，參加斯德哥爾摩奧運五十五週年記念典禮，終於有機會衝過終點線，留下奧林匹克競賽史上最慢抵達終點的馬拉松比賽記錄。

想說，在本文開頭講點馬拉松冷知識，應該能讓這本笨蛋散文多點深度，於是寫了這段與待會兒正文完全無關的事。各位覺得如何呢？

對了，沒記錯的話，《游過那年夏天 天堂的書店》的作者，應該是個叫松久的傢伙。

（一臉若無其事的表情進入正題）七月結束後，視腳踝的情況悠閒出去跑了三次大約三到四公里的短距離「復健慢跑」。進入八月後，我終於開始執行之前休息一星期時想到的某項「發明」。

那就是「搭電車ＲＵＮ」。

為什麼至今都沒發現還有這招呢。想跑遍不同街道，想去不同城鎮看看，可是現在的我頂多只能跑五到八公里。換句話說，只能在以中目黑為圓心的半徑二點五到四公里範圍內跑步（如果跑循環路線範圍就更小了）。

這下，我找到能一口氣脫離這範圍的方法。說來也很簡單，那就是搭電車到更遠的地方，再從那裡跑回來就好。想到這方法時，真覺得自己根本天才吧。

我還馬上就想向JR遞上一份「JR RUN RUN」宣傳企劃呢，畢竟我可是九〇年代「JR SKI SKI」[1]世代的人。說到背景音樂就是〈Choo Choo Train〉。其實，我既沒滑過雪，那類浮誇的泡沫青春也和我連一公釐的緣份都沒有，真要說的話，以前還挺抗拒那種事的。

原本打算能跑多遠就跑多遠，跑到極限了再搭電車回來。但是「起床沒洗澡，身上還殘留睡著時流的汗」、「昨晚的酒氣當然也還在」以及「符合年齡的老人臭」，在這個狀態下起跑，外加「盛暑大熱天下跑得滿身大汗」，要是就這麼搭上電車，肯定會造成其他乘客的困擾。

於是，我判斷正確的順序應該是先搭電車，再沿著「以地圖測量距離」查出的路線跑回來。八月二日，正式開始執行。

最初的目的地是自由之丘。我住的中目黑已經夠裝模作樣了，自由之丘的假掰功力更在中目黑之上。總覺得在這裡，路上的每個人都喜歡裝模作樣，架子端得老高（偏見）。

一身鈴木尚廣打扮的我要在這種上流車站下車實在羞恥，更別說要再從這個上流車站移動到人煙稀少，適合跑步的路上，一看就是個跑錯場子的傢伙。話說回來，根本就不是「JR RUN RUN」，應該是「東橫線 RUN RUN」才對吧。其實講「東橫線 RUN」也就行了。

從人潮較稀少的地方開跑，沿自由通往北，撞上目黑通時右轉，從柿之木坂往環七方向左轉，稍微切一點西瓜跑到駒澤通，在五本木左轉，從下馬沿蛇崩綠道跑回中目黑。

總共跑了五點五二公里，時間三十五分十三秒，配速六分二十二秒。

畢竟才剛結束復健，距離抓得短了一點，速度也不求快。不過，這趟「遠征」帶來的成就感與滿足感，和第一次跑完五公里時不相上下，甚至說不定比那次還感動。當然，這天晚上一如往常來到居酒屋，盯著跑步 APP 中別人眼中「不過是一條曲線」的 GPS 結果笑嗨嗨，不用說，Chu-hai 當然也是一杯接一杯。

接下來跑了一陣子和過去一樣的循環路線，確認腳踝已經沒問題後，這次我決定來趟「副都心線 RUN」。先搭電車到新宿三丁目車站，下車後沿明治通往代代木方向跑，途經原宿、澀谷再跑回中目黑。距離五點八三公里，時間三十二分五十二秒，配速五分三十八秒。

再來是「日比谷線ＲＵＮ」。搭到神谷町車站，下車沿國道一號跑到芝公園，途經慶應大學與白金高輪，再從這邊穿過惠比壽回中目黑。距離六點四四公里，時間三十八分三十二秒，配速五分五十八秒。

接著是「東橫線ＲＵＮ」。在學藝大學車站下車，沿環狀七號線北上到上馬，往國道二四六號右轉，從三軒茶屋跑到蛇崩綠道，從蛇崩綠道上跑回中目黑。距離五點五六公里，時間二十八分兩秒，配速五分兩秒。

八月最後的遠征是「半藏門線ＲＵＮ」。起點是青山一丁目車站，穿過青山墓地，從南青山七丁目往惠比壽直線前進，回到中目黑。距離五點二七公里，時間二十六分四秒，配速四分五十七秒。

或許是對這種跑法興致勃勃的關係，拜此之賜，我第一次達成配速短於五分鐘的豐功偉業。

到了這一地步，媲美「穿越時空的少女」，我就是個「穿越都會的大叔」。明明在可和足立區爭奪（自主消音）寶座的葛飾區長大，現在卻一臉目中無人的樣子奔馳於都心、山手等裝模作樣地區，簡直和謊稱自己從佩波戴恩大學畢業沒兩樣（譯註：作者影射的是二〇〇四年眾議院議員古賀潤一郎的謊報學歷事件），麻煩各位對這樣的我睜一隻眼閉一隻眼囉（不知道我在講什麼的年輕人請回去問家裡長輩）。「改變眼前街景的跑法」果然適合我，愈來愈有跑步的動力了。

順帶一提，我有個每年都會去跑檀香山馬拉松的朋友。看到我這樣跑，他很不解地說：「為什麼要特地挑市中心滿是汽車廢氣的路線跑啊」。說的確實也有道理，就算只是跑個五公里，在車水馬龍的道路上跑完後，抹臉時都會感覺臉上沙沙的，抹完後手指都變黑色，可見空氣有多糟。

然而，在都市叢林裡沿著馬路跑的好處除了景色多變外，還有另一個優點。大熱天跑步時，馬路左右兩旁總有一邊是高樓大廈造成的陰影，比起在空地上跑，可避免更多直曬太陽的機會，有助於步調的穩定。

還有一點，夏天跑超過十公里就必須補充水分。在都會區裡跑步，到處都有便利商店，不用特地在腰部掛一瓶寶特瓶，只要帶一張Suica，不管是礦泉水還是寶礦力都買得到。喝完之後只要丟在便利商店的垃圾桶，也無須帶著空瓶子繼續跑。簡單來說，便利商店就是都會區跑者的補水站。

最重要的一點是，在都會區跑步，經常遇到臀部或大腿線條超完美的小姊姊走在前方。

嗯哼，這件事就不要花太多篇幅討論了。總之，跑步時那樣的美景可說是最棒的提神劑，我想同好一定不少。

1 JR SKI SKI是JR東日本（東日本旅客鐵道公司）是自一九九一年起於冬季的推廣的滑雪旅遊企劃。

RUNNING LOG 2014年8月2日 5.52km

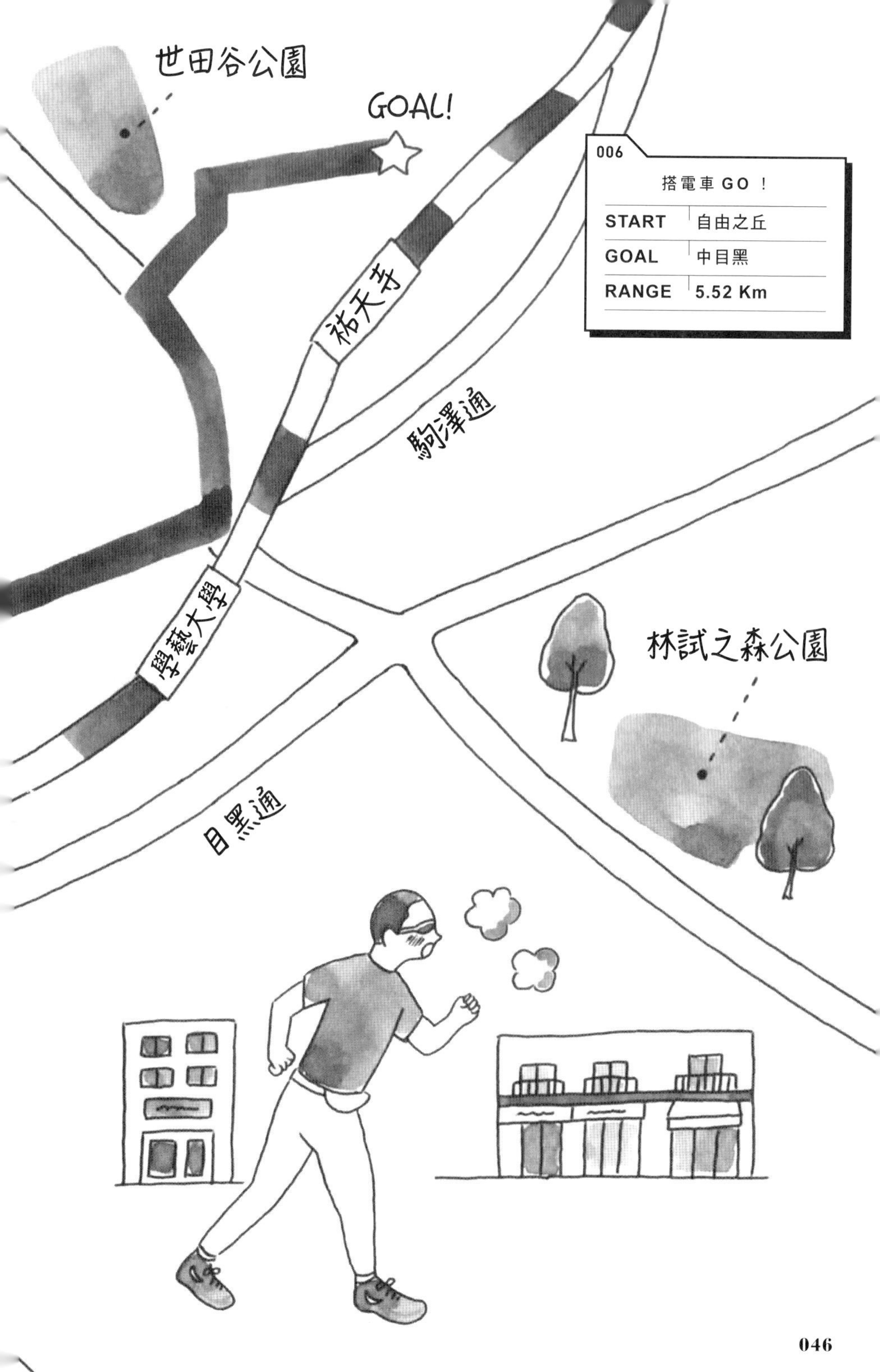
世田谷公園
GOAL!
006
搭電車 GO！
START 自由之丘
GOAL 中目黑
RANGE 5.52 Km
祐天寺
駒澤通
學藝大學
林試之森公園
目黑通

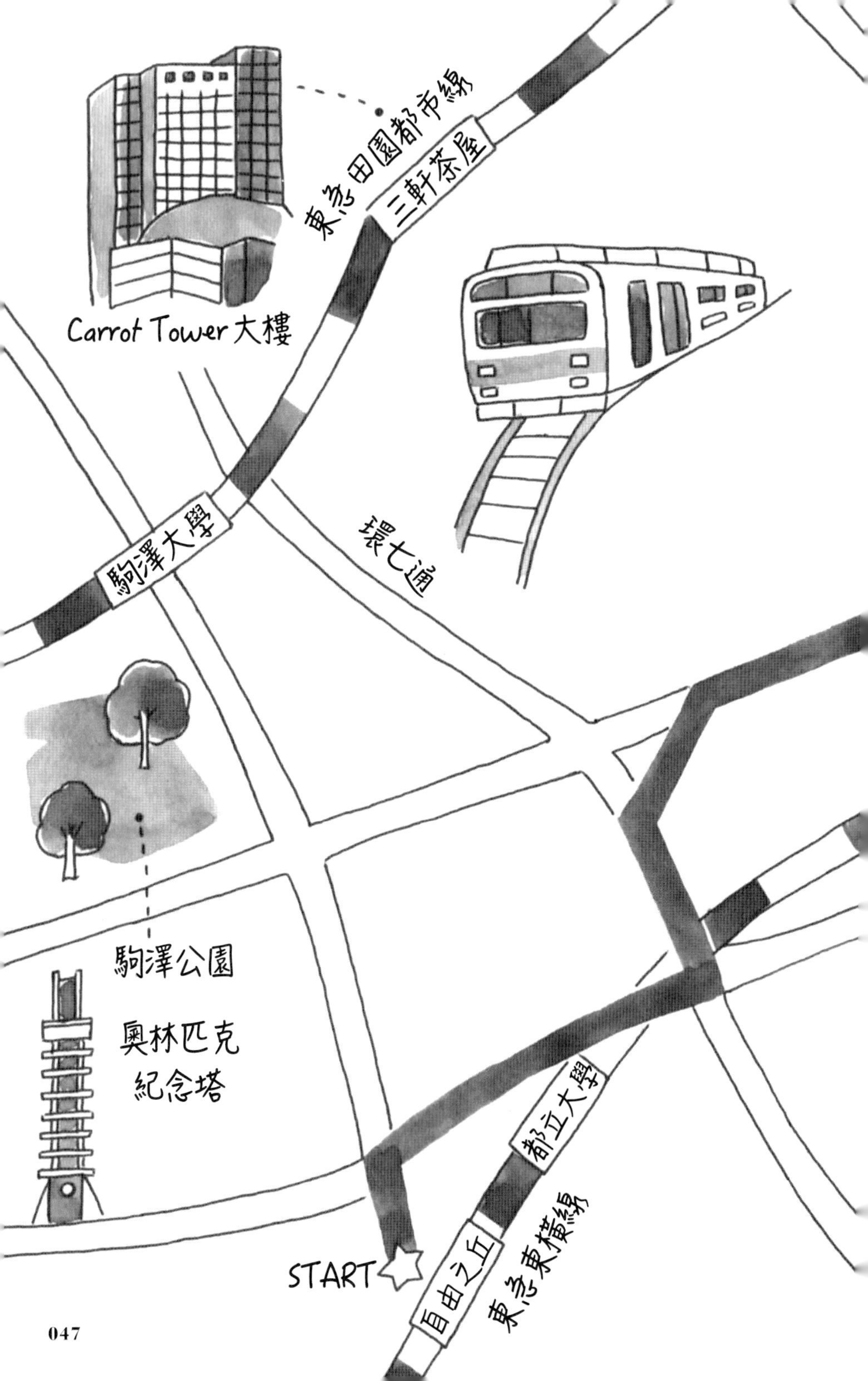

Carrot Tower大樓
東急田園都市線
三軒茶屋
駒澤大學
環七通
駒澤公園
奧林匹克
紀念塔
都立大學
自由之丘
東急東橫線
START

007 老來從子

上次提到，走在前方的美麗女性背影，能加快跑步的速度。不如我就坦白招了吧，跑步的時候，我的眼睛都在看這些，腦子裡也都在想這些。這些是哪些呢？換句話說，就是一些雞毛蒜皮的小事，現實的事，說得更簡單點，就是雜念。

聽說人生就像跑馬拉松，雖然我從來也沒這樣想過。也曾聽人說跑步的時候會進入心無旁騖的狀態，跑完後心靈像接受過一番洗滌。我也完全沒有這種經驗。

跑步時我的視線會被女性的美腿吸引，也會在想起日常生活壓力時發出「嘖」的聲音，或者回憶起從前的戀愛，仰望天空一陣傷感。有時還會想到回家得幫貓梳毛，明天一定要把這個月的資料寄給稅務會計師等現實生活中的待辦瑣事。

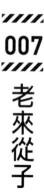

小說家寫起關於跑步的事，似乎一定要導向某種人生道理或教誨。但我不但沒有，寫到第七回了才說這種話真的很抱歉，那種東西至今寫不出來，今後也完全寫不出來，請見諒。預計會寫下去的應該是毫無雜學可賣弄也不蘊含任何寓意的隨性雜文。這種事好像不需要這麼高高在上地宣佈喔。

好的，腳踝的去屑因子治好了，跑一趟的距離終於可以拉長。我放棄每天跑步，一星期大概以三到四次為準，並發展出先搭電車到某站後下車跑回來的「搭電車RUN」新樂趣。

九月十二日，第一百六十八次跑步。這次再度選擇了從自由之丘出發的「東橫線RUN」，不過稍微改變路線，從九品佛川綠道和東京工業大學中間穿越大岡山，再從洗足朝目黑郵局方向跑，抄小路跑上目黑通，再從油面經過祐天寺後方回到中目黑。是這樣的路線。

這種時候最開心的就是按下跑步APP停止鍵時，距離正好是七公里之類的整數。若說那又怎樣，還真的沒有什麼比這更「沒怎樣」的事了，只是總而言之，七公里，三十四分三十四秒，配速五分五十六秒，成績相當不錯，而且整整七公里都沒有半途停下，也沒有上氣不接下氣，狀況可說很好。再加上開拓了新路線，我整個人是志得意滿。

此時，雪恥的機會如飛蛾撲火般自己送上門來了。就在這一星期後，國三（當時）的兒子對正要出門跑步的我說：

「爸，我也要一起去。」

是這樣的，這件事得先追溯到四個月前。剛開始跑步才一個半月左右的五月十一日。那天，這位隸屬足球校隊，體力旺盛到用不完的國中生難得主動表示：

「你要去跑步的話，我也想一起去。」

在那之前我約過他好幾次「要不要一起去跑？」不用說，多愁善感的十四歲當然從來不點頭。不過那樣也好啦，萬一他真的說「嗯」，那我跑得慢不說，超過一半用走的窩囊跑姿要是被他看見，身為父親的威嚴就要掃地了。所以我也就是問問而已，如同家庭內的社交辭令客套話。

可是五月十一日這個階段，說來真是非常微妙。要是在這之前，我一定理所當然用「我哪有體力跟你一起跑啦」拒絕掉，但這時的我已經能跑五公里，正好是有點得意忘形的時期。

「好啊，走吧！」

腦中的想像是，經常在電視劇或電影裡看到的「教兒子運動的父親」形象。沒想到十分鐘後，留下的只有無止盡的悔恨。

相較於換上全套運動服的我，兒子身上穿的是在家軟爛穿的便服，隨便套一雙布鞋，手裡還給我拿著 iPhone。別小看人喔你這個國中生，等一下就算從後面大喊「爸爸，等等我！」我也會假裝沒聽見，自顧自先跑一段再說。

那我們先沿目黑川直直跑，到大崎折返。好，出發吧。

起初還跟在我後面，跑步姿勢也不成個樣子，踩著跑跳步蹦蹦跳跳的兒子，不到一分鐘就跑到遙遠的彼方去了啦。

好不容易抵達第一條公路交叉口，來到目黑清掃工場附近，映入眼簾的是靠在路邊欄杆上跟朋友傳 LINE 的兒子。

「繼續往前嗎？」

沒說話點點頭，做父親的再度被拋到腦後，兒子一瞬間就跑到視野之外。再次看到他的時候，他靠在目黑通上的橋欄上，又在跟朋友傳 LINE。

「往上……有高速公路……那邊……」

勉強做出路線指示的父親。轉眼消失的兒子。下次再看到他的時候正在跟朋友傳 LINE（以下重複）。

「爸啊，你就算累也不要放慢配速，要撐住繼續跑啊。」

用三十分二十秒跑完五公里，對跑步初期的我而言已經是很不錯的成績。即使如此，當我這個老爸腳步踉蹌、氣喘吁吁地跑回中目黑時，這位國中生卻頭也不抬地繼續和朋友傳LINE，一臉「等你很久了」的表情給出中肯的建議。好啦，我聽進去了。

總之有過這樣的事情，接下來的四個月，兒子再也沒說過一次「爸，我也要一起跑」。聽到我不經意地說「先搭電車去比較遠的地方，再從那裡跑回來」的事，似乎勾起他一絲興趣，難得再度提出「那一起去跑吧」的要求。

這次的路線是從自由之丘出發，途經洗足再回來。

兒子啊，現在的老爸可和上次不一樣了喔。我瀟灑地跑起來，兒子跟在後面。我一次也沒停下，兒子也一次都沒追過我，就這樣繼續跑著。

過了大岡山，往沒有車的寬敞道路前進。正好這時號誌燈變了，我用眼神和手指動一動指示方向。兒子無言跟上來。從洗足穿過一條很長的路，正要往油面方向前進時。「喔、是這裡啊。」終於掌握地理位置的兒子發出恍然大悟的聲音，我則無言地用表情表示「中目黑就快到了」。

簡直就像是……怎麼說呢，我剛才想找一對厲害的親子運動員來比喻，卻怎麼想都只想得出Animal濱口和濱口京子[1]，不然就是野村克也和克則[2]，所以請容我在此省略。總而言之，我不像四個月前那樣醜態畢露，父子兩人宛如老鷹一般，以每公里不到五分鐘的配速朝中目黑奔馳。

總距離六點八公里，時間三十五分二十九秒，每公里配速四分五十六秒。

我沒問過兒子當時的感想，不知道究竟是「爸爸跑得真快，嚇我一跳」，還是「挺有兩把刷子的嘛」，或者是「你跑得有夠慢，配合你的速度跑麻煩死了」。

之後，兒子在家看起來一副很閒的樣子時，我也會問「要不要現在跟我出去跑一跑？」他只會回答「我就不去了」。這麼回答的理由是上面哪一種，我也不知道。

那麼，這類文章最後若能做出「不過，希望哪天還能跟兒子一起跑」的結論，無論內容或作者形象都能做個完美的「帥氣」收尾。可惜的是，我一點都不這麼想。

當然，如果有人說想跟我一起跑步，其他人我都不願意，唯獨兒子（偶爾的話）還OK。話雖如此，正如我在第二回寫到的，正因自己具備討厭團體行動的阿宅性格，我才能持續跑到現在。與其說一個人跑步也不以為苦，不如說就是因為一個人跑，我才能在自己想跑的時間去想跑的地方盡情地跑步。

看吧，結尾收不回來了。

1 Animal濱口和濱口京子為父女關係，兩人都是日本知名摔跤選手。
2 野村克也和克則為父子關係，兩人都是日本知名職棒選手兼教練。

RUNNING LOG 2014年9月12日 6.8km

008

新人類覺醒

跑步的時候，如果前方出現速度剛剛好，騎著老舊腳踏車的大叔，我就會緊跟在人家後面，擅自陶醉在漫畫《小拳王》的氣氛中。這種經驗，應該不只我有吧（跑者經驗談？）

不但對被我當作丹下段平[1]的那位大叔很失禮，明明我也稱得上是大叔了，不知為何，跑步的時候總把自己想像得比實際年齡年輕。有時看見大樓落地玻璃裡映出的那個初老男人，因為實在和腦中描繪的「跑步的我」形象相差太多，忍不住還打了一個冷顫（這也是跑者經驗談？）

還有一件事或許也是經驗談。那就是，即使已經可以一次跑完七公里，在車站爬樓梯

時還是跟以前一樣氣喘吁吁。可能剛好只是年紀到了吧，不過這半年來，老花眼和殘尿也都愈來愈嚴重。

但不可否認的是，原本我有嚴重的腰痛問題，一星期得去針灸治療兩次（話雖如此，也只是去健保給付的骨科，一次四針八百五十日圓）。開始跑步之後，一個月去兩次左右就行了，可見腰部肌肉應該鍛鍊了不少。

然而，或許是跑步姿勢不良的關係，腰痛雖然減輕，過去不太有感覺的肩頸及肩胛骨周圍卻開始容易僵硬痠痛。醫生開的腰痛貼布，絕大多數被我挪用來貼肩膀。

如果是不醒目的地方，還有一個聽說也是常見的例子，跑步初期右腳食指的指甲下方往往會變黑（聽說這叫指甲內瘀血），並不特別覺得痛，只是黑掉的地方後來就這麼固定下來了。

也是從此一時期開始，覺得最痛苦，正確來說是最失望的，是「跑步也消除不了前晚的宿醉」。剛開始跑步的時候，無論距離多短，跑得多慢，都會爆出連路人也忍不住回頭看的滿身大汗。尤其進入夏天後，路上只有我一個人像剛淋了傾盆大雨似的出現在中目黑街頭，這種經驗多到數不清。

不過，拜如此噴發的大量汗水之賜，總覺得前一晚的酒氣發散許多（難道是我的錯覺嗎），或者說蒸發也可以。事實上，儘管已經不是連續兩天喝到爛醉也沒關係的年紀，開始跑步之後，喝酒的隔天身體就像按了重置鍵，甚至比以前喝得更多。

現在我好像正若無其事寫出身為一個人非常糟糕的事喔？對啦，這點自覺我還算有的。

可是，漸漸習慣跑步後，季節又進入陽光不那麼強烈的秋天，怎麼跑也跑不出一身淋漓大汗。起初我還感慨地望著遠方心想「哎，我也挺像個運動員了嘛」，當天晚上喝起Chu-hai才發現「昨天的酒意根本還沒退！」

老實說，即使這麼迷上跑步，我從來沒想過要從中找到什麼樂趣，真要說的話，也曾想過「都跑成這樣了，身體不是應該變得更好才對嗎？」前面寫過討厭團體行動的阿宅適合跑步，但討厭團體行動的阿宅也比別人加倍希望得到犒賞。

這個就先別說了，總之。

黑橘基礎配色的運動服，我買齊了上下成套的三套，黑橘配色的跑鞋也買了三雙，每次跑步輪流穿。順便說一下，這是跑到腳痛之後想出的方法，有沒有效果不得而知。只是就心情上來說，「感覺」不會對腳部特定部位造成負擔。

天氣漸漸轉寒，十月下旬開始，我又另外戴上一副橘色的賽車手套。第三回後就不曾再提過這件事，大家可能已經忘記了，反正我現在就是把自己當成過去巨人隊那位代跑專家鈴木尚廣。

硬要說自己是鈴木尚廣，各位想必也很困擾，只是拜跑步半年來的實際成績、逐漸涼爽的氣候與化身鈴木尚廣之賜，十月開始，我的跑步紀錄呈現驚人的成長。（以下敘述請各位搭配東京地圖一起看）。

首先是「搭電車ＲＵＮ」系列，先從新宿三丁目出發，往回跑七公里，再從蛇崩綠道途經三宿、松見坂等熟悉路線跑回中目黑。如此一來，距離終於突破了八公里。

接著是那兩天後，從五反田出發，沿著首都高速道路二號目黑線那累人的斜坡往上跑到底，途中經過天現寺、廣尾再穿越惠比壽回中目黑。終於達成十公里的距離。

別看我在這裡輕描淡寫地說什麼「達成」，當下看到跑步ＡＰＰ上顯示的數字「10．29 km、56：00、5：26／k」，第一個跳出來的「10」這個二位數映入眼簾時，我整個身體不知是累到抽筋還是出於感動或興奮，名符其實在顫抖，心情激動得想跟路過的人擊掌。

畢竟是十公里啊，這位太太！咦？我在跟太太說話嗎？誰家的太太啊。

那天晚上 Chu-hai 喝了幾杯，已經不復記憶。雖然不復記憶，我可不是達成十公里就滿足的那種人。

四天後，從惠比壽出發，途經天現寺、麻布十番再到青山墓園，距離超過十二公里。再隔四天，沿著山手通一路跑到京濱新馬場，從有「第一京濱」之稱的國道十五號往品川方向跑，途經泉岳寺，穿越古川橋回到中目黑。達成十五公里的紀錄。

成就偉大目標的方法只有一個，就是累積微不足道的小事。

……腦中瞬間閃過「要是沒被發現就這樣寫下去吧」的念頭，但是事後被罵也很煩，所以我還是從實招來吧。剛才那句不是我的感想，是鈴木一朗的名言，我一字不漏照抄了。

說得不錯嘛，一朗。（我到底以為自己是誰？）

反正總而言之，沒什麼好怕了，道路在我眼前開展。問我為什麼要跑？因為路就在那裡啊。差不多像這樣開始得意忘形的我，在此即將發表想必能博得眾多共鳴的「跑者經驗談」，那就是——

一旦紀錄開始急速成長，隨之而來的就是受傷。

身體是會好好反撲的東西。達成十五公里的兩天後，正當我在環狀七號線上瀟灑跑步時，右腳腳踝忽然閃過一絲劇烈的刺痛。去醫院照了X光，骨頭沒有異常，說是輕微發炎。

受傷時勉強去跑只會讓狀況惡化，這件事我三個月前才剛經驗過。學習能力強又不會重蹈覆轍的我，這時當然好好休息了一陣子。

才怪。「跑十五公里果然還是會對腳造成負擔啊，不然，稍微縮短一點距離吧」，這麼想的我不知該說冷靜、積極還是判斷能力遲鈍，自己也搞不清楚了。總之那之後也每隔一天就去跑個八公里到十二公里，不管怎麼說還是有留意腳踝的感覺，就這樣繼續跑下去。

僅僅十天前才剛突破十公里，現在十公里對我來說已經是「不勉強的距離」了，搞不好我是超級賽亞人。雖然對《七龍珠》的故事不太熟……啊、應該用鋼彈舉例，把自己比喻為新人類才對。

那麼，讀到這裡的各位應該已經察覺了，只要一踐起來就阻止不了自己的我，終於要朝未知的二十公里領域邁進。

「啊、阿姆羅，是時候了……[2]」

1 丹下段平是漫畫《小拳王》訓練主角矢吹丈的拳擊教練。
2 動畫《機動戰士鋼彈》女性角色拉拉．遜臨死前對男主角阿姆羅說出的台詞。

RUNNING LOG 2014年10月29日 15.0km

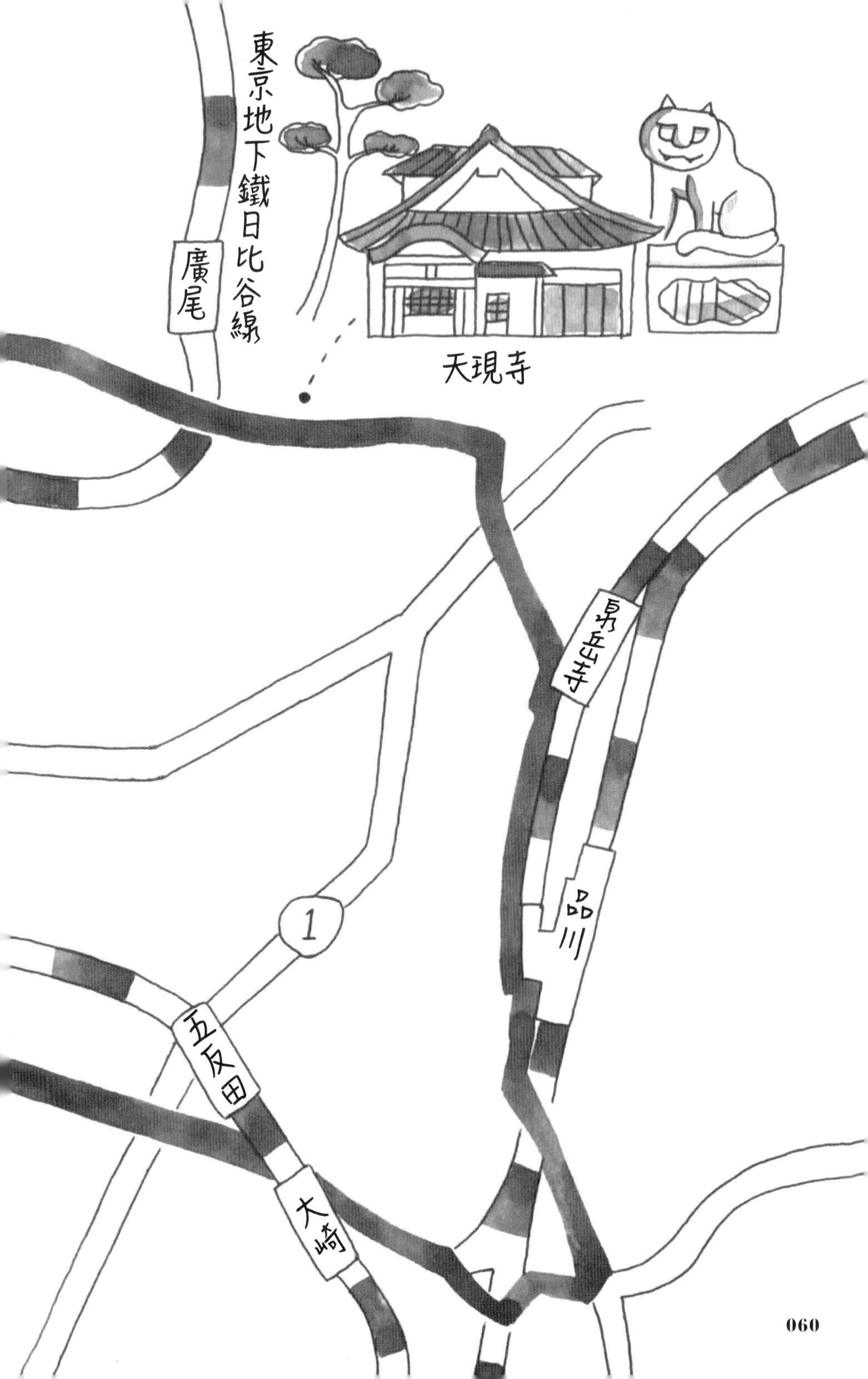
東京地下鐵日比谷線
廣尾
天現寺
泉岳寺
品川
1
五反田
大崎

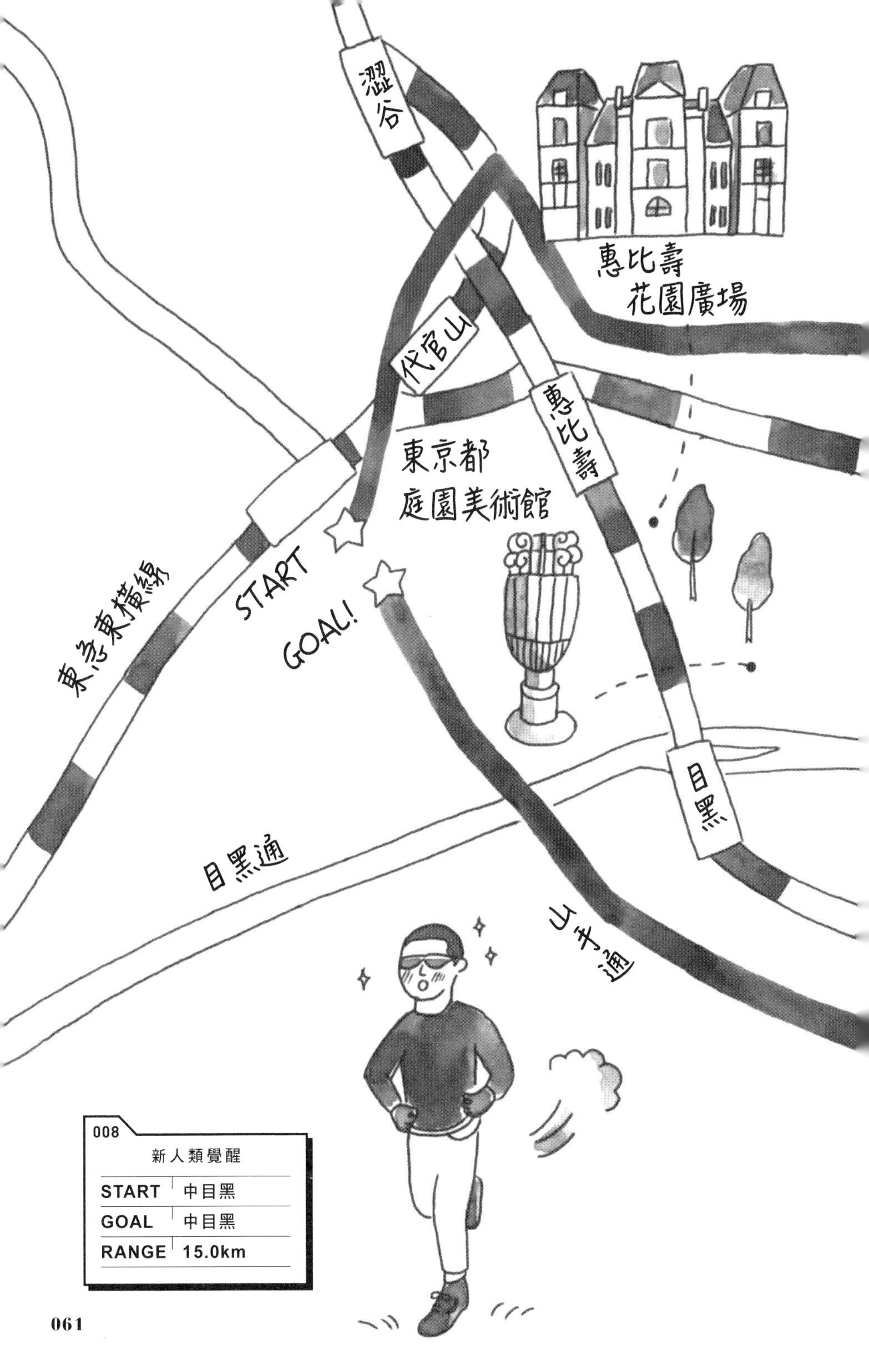

008

新人類覺醒

START	中目黑
GOAL	中目黑
RANGE	15.0km

009

突破20公里吧

十一月二日，星期天下午一點。一如往常，我從中目黑的小路開始跑，沿山手通往大崎方向前進。一路往下跑，就會跑到和第一京濱公路的交叉口。

我曾從這裡左轉，往品川方向跑過，這次則決定繼續向前，一路跑到天王洲。早就「用地圖測量」過距離，一直期待要來跑這條路線。一腳踏上品川埠頭，巨大貨櫃並列的碼頭旁寬廣的道路上，因為星期天的關係沒人也沒車。一人獨占這條路的優越感佔兩成，擔心在這種地方萬一腳痛起來或臨時想大便怎麼辦的不安佔八成，懷著這種心情，我還是跑到路的盡頭了。

其實本來打算到這裡就越過港南大橋回海岸通的，或許因為第一次踏上這塊土地（而

且旁邊都沒人）心情太激動吧，我竟然轉身折返天王洲，再從這裡途經芝浦、田町車站，然後回到至今跑過無數次的古川橋、天現寺，穿過惠比壽回到中目黑。

總距離二十點一公里，一小時四十九分二十六秒，每公里的配速是五分二十六秒。

終於達成二十公里這一大目標了。說到這時的心情，那就像是（以下請參照達成十公里目標時的心理描寫）畢竟是二十公里啊，這位小姐！咦？我在跟小姐說話嗎？誰家的小姐啊。

話說回來，短短一個月就從頂多跑七公里晉升到二十公里，我自己都驚訝於這個成長率。

不過這次，我不像突破十公里時那樣乘勝追擊，暫時還是按照過去的步調，每天只跑八到十二公里左右。不知是害怕再次受傷，又或者每次要花兩小時跑步實在太耗時間，我自己也不明白。說不定我原本就謙虛、自律又老實，是個 nice 的 guy 呢。

「只要我願意，跑二十公里也不是問題」。或許是在明白這點後產生了從容的自信，接下來的好一陣子，我更是發憤圖強想著「來跑個過去沒跑過的路線吧」，勤於「用地圖測量距離」，不斷點按滑鼠開拓新路線。

從池尻的國道二四六號接上目黑川綠道後，路會分兩個方向岔開，一邊通往環七的若林，一邊通往宮前橋。我試著在這之間繞一整圈來跑，或者把範圍延伸到明治神宮，沿外苑的銀杏樹道或神宮球場外圍跑。也曾試過從大崎往中原街道方向跑。或是故意不看地圖，在八雲或北澤的住宅區裡繞圈圈。也有過沿著環七外側的綠道，從國道二四六往目黑通方向跑到底的經驗。

雖然範圍只是以中目黑為圓心的半徑五公里圈內，我在保持八至十二公里總距離的狀況下開拓了許多新路線。拜此之賜，對這一帶的地形環境掌握得愈來愈熟悉。要是在這裡搭計程車被惡意繞路，我一定馬上就能察覺。雖然幾乎沒有遇過這種事就是了啦。

十二月二十日，這天我原本也只打算這樣輕鬆跑跑就好（十公里上下的距離對我這個覺醒的新人類來說已經是「輕鬆跑跑」等級了）。

這天，我沿著國道二四六號前進。跑過各式各樣的街道後，自然會知道「哪條路寬度太窄人太多」＝「不好跑」。國道二四六會經過三軒茶屋車站和駒澤大學，這兩個地方正是上述「不好跑」的代表。一般來說，跑到這附近時我會繞小路，這天卻不知怎地，想試著直接這樣跑跑看。

順道一提，儘管駒澤大學前屬於不好跑的區域，我偶爾還是會跑過來。這是因為，平日下午來這邊跑步的話，很大機率會遇到（不知在附近哪裡工作的）芳齡介於二十五到三十歲左右的美女。喔，這完全是題外話啦。

這天我第一次從駒澤大學站繼續往下跑。和車站前有點不同，接下來的路上幾乎沒有人經過。後來才發現，田園都市線從澀谷站到駒澤大學站這段幾乎與國道二四六路線重疊，但過了駒澤大學站後，從櫻新町站到用賀站這段則避開了國道二四六。

這或許就是路上行人變少的原因吧，不過當時我沒發現這點，只覺得人少又是下坡的路段跑起來特別輕鬆。一邊欣賞第一次看到的景色一邊開心地跑，就這樣跑過環狀八號線，左轉下坡到底後才發現，咦、我跑到二子玉川了嘛。

二子玉川。即使不住東京的人，至少一定聽過這地名。前面我數次以「裝模作樣的地方」來形容中目黑與自由之丘，其實它們和二子玉川比起來都是小巫見大巫。二子玉川之裝模作樣等級，堪稱日本之最。

這個其實也和正題毫無關係就是了……不、稍微有一點關係，因為我一刻也不想久留，一心只想快點離開二子玉川站前。一個滿身大汗，散發老人臭和隔夜酒臭的中年男子長期滯留在眾多上流人士之間，這像話嗎。

所以，我快速穿越站前。這時，橫渡多摩川的橋出現在眼前。我有那麼一瞬間的躊躇。一旦穿越這座橋，不就要跑到神奈川縣去了嗎。不、不是這個問題。問題是這時我已經跑了相當遠，要是繼續往前，回程就無法好好保持「適當距離」了。

這時又出現了一個跑者經驗談，又或者只是我個人的堅持。每次折返時，回程都不想跟去程走一樣的路線。更何況現在折返的話，豈不是又得從二子玉川站前那（自主消音）的人們中間穿過才行嗎。

好啦，既然如此，乾脆「到多摩川對岸去吧！」打著事後（對自己）炫耀的主意，我就這樣豁出去了。

瞬間，多摩川遼闊的景色映入眼簾。過橋果然是對的。向左轉，跑上多摩川河堤。好耶，前方看起來不太遠的地方馬上又有一座橋。只要從那裡過橋折返，就不至於因為一時衝動陷入太遠的距離。

熟悉二子玉川一帶的人，現在一定馬上發現我上面的「鋪哏」做得太明顯了吧。事實上，接下來的我，真是名符其實的走投無路。不、路還是有的啦。

就讓我馬上揭曉後果吧。那座我以為不遠的橋，其實不是給行人通行的，是第三京濱公路。各位或許難以置信，但正如我前面寫的，自尊心不允許我回頭走原路折返。再下一座橋還很遠，但也只能跑下去了。只能跑下去了啊我！（又沒人拜託你這麼做！）

結果，我在河堤上跑了五公里，一直跑到新丸子車站附近中原街道上的丸子橋，才終於能再過河回東京。回到東京不是問題，接下來才是問題。過橋後的我已經筋疲力盡，卻跑到這麼遠的地方來。

按捺想哭的心情，埋頭往中目黑方向跑。最後，我跑出了總距離二十三點五六公里，花費時間兩小時七分二十六秒，每公里配速五分二十四秒的成績。至今最長距離，而且不知不覺中跑得比一場半馬還遠。

話雖如此，跑到遙遠多摩川的事實，還是讓我擁有日後多次回想起來嘴角都忍不住上揚的成就感。更何況，我可是跑到神奈川縣去了喔。現在的我豈不是強到爆？不知為何，這種時候又冒出年輕人的口吻了。總之，我是滿心歡喜。

三天後的十二月二十三日，我就滿四十六歲了。生日當天輕鬆跑個十二點八五公里，兩天後的耶誕節，從澀谷跑到六本木，再從西麻布到廣尾。這點距離對才剛擁有多摩川跑步經驗的我來說，怎麼看都是小菜一碟。

沒想到，做人就是不可以得意忘形。

或許是跑到多摩川累積的疲倦尚未消除，跑到廣尾時我落得腳踝劇痛，不得不攔計程車回家的下場。不只如此，從年底開始，身體還時不時出狀況。

RUNNING LOG 2014年12月20日 23.56km

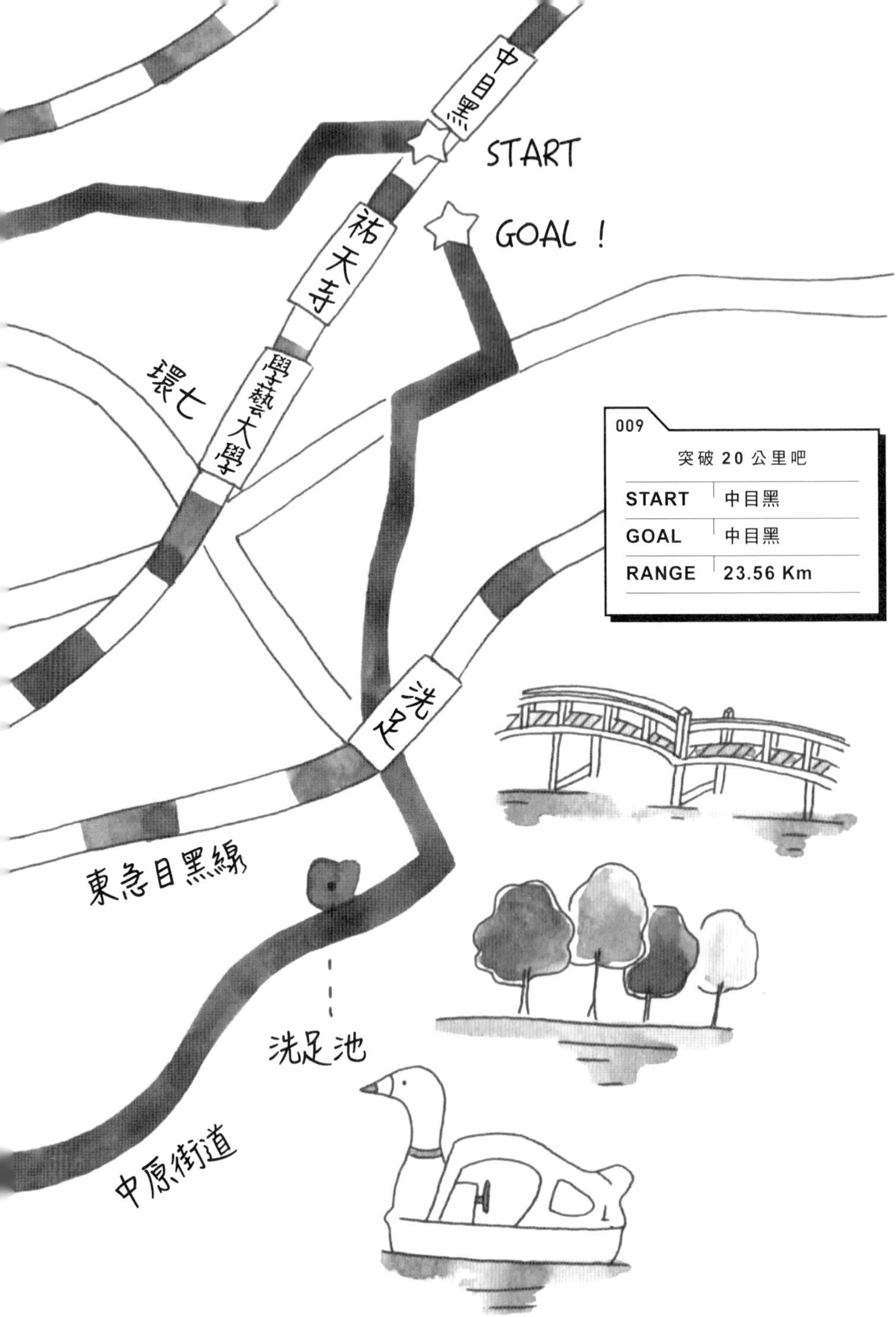

009

突破 20 公里吧

START	中目黑
GOAL	中目黑
RANGE	23.56 Km

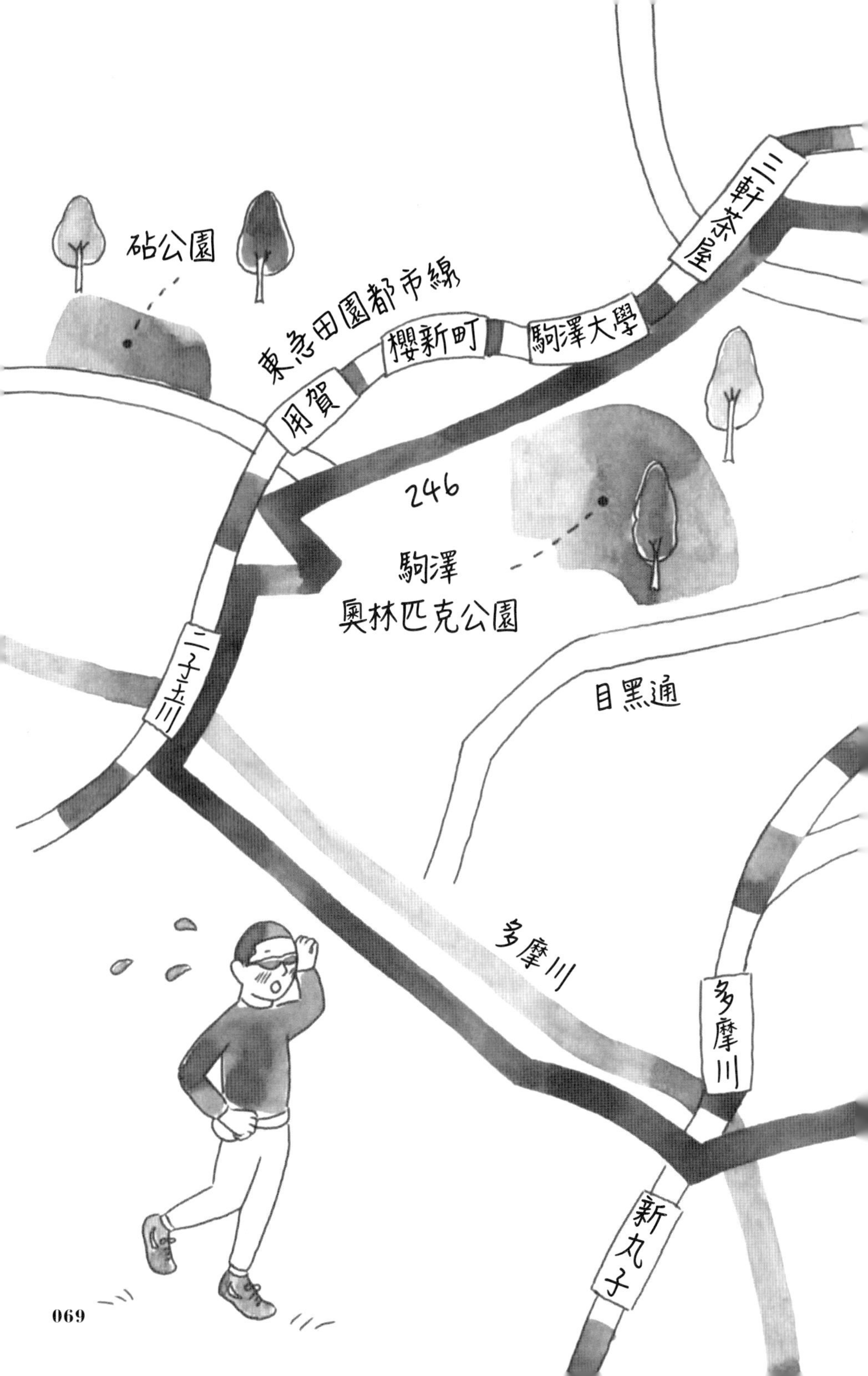
砧公園
東急田園都市線
用賀
櫻新町
駒澤大學
三軒茶屋
246
駒澤
奧林匹克公園
目黑通
二子玉川
多摩川
多摩川
新丸子

010
長跑者的孤獨

進入一月，我首次在七分長褲底下穿緊身褲。開始跑步以前，或者說開始運動以前，我一直認為世界上沒有比這更難看的打扮。可是，穿過一次之後，我就後悔為什麼之前要硬撐，為什麼不在有點冷的時候就上 Amazon 買一件來穿呢。人就是這樣，會不斷改變（還是被迫適應？）。

總之，關於防寒措施不是什麼太大的問題，問題在年底腳受傷的狀況一直拖著沒好，過完年後依然不見起色。右腳腳背平常都好好的，偏偏只要跑一段距離就會忽然痛起來。

從惠比壽繞過五反田，才跑到大鳥神社就因腳痛退場。沿淡島通繞到環狀七號線上，跑到一半也因腳痛退場。以為原因出在鞋子，買了一雙新的橘黑配色回來換穿，從目黑出

發跑到白金附近就因腳痛退場。從起跑到腳痛的距離愈來愈短，有時從中目黑出發到代代木八幡就「啪嘰」。有時穿過蛇崩綠道，正要上環七時又「啪嘰啪嘰」。

因此，我從一月中旬開始暫時放棄跑步，連續一星期只能拿家裡儼然晾衣架的室內健身車呼弄自己。

只要距離一拉長，腳就會受傷，這幾乎已成例行公事。怎麼會這樣呢，差不多要對這一再上演的情節感到厭煩了。

可是，拿不出結果的時候，該如何定位自己？只要秉持絕不放棄的態度，一定能從中創造出什麼。

勉強按捺想跑步的欲望，直到一月下旬才重拾跑鞋，跑個七、八公里左右就「主動退場」。右腳還是覺得怪怪的，在更嚴重前就從跑步切換為徒步且提早回頭。用這樣的「復健跑法」一邊注意腳的狀況一邊跑。

拜休息與復健跑法之賜，右腳背的痛感在不知不覺中消失。沒想到，接下來輪到右腳拇趾根部開始絲絲作痛。

右腳腳踝、腳背、然後是拇趾根部，疼痛彷彿會移動似的。該不會再來就沿右腿往上，越過鼠蹊部往左腿遠征了吧。我腦中閃過這種連國中生都不如的想法。

啊、事到如今才說或許太遲，但我還是得聲明，四段前的「可是，拿不出結果……」那段聽起來很帥氣的話不是我說的，是鈴木一朗的名言。心想各位大概已經習慣本書鋪的哏了，所以故意設個陷阱給大家。

好的，那麼進入二月之後，就算下雪我也會出去跑一下。因為已經完全感覺不出腳痛，久違地跑超過了十公里。很好，這樣下去超過十五公里也沒問題囉。於是，我決定嘗試之前「用地圖測量距離」時就很想挑戰的某條路線。

前面寫到，年底時我得意忘形越過多摩川，不期然地跑出了有史以來最長距離的事。不過也託那次遠征的福，我發現了一條很不錯的路線。從中目黑沿駒澤通一路前進，快到多摩川時「在河這一邊」左轉，沿河岸跑一點六公里左右，再往目黑通左轉，然後又是一路前進到大鳥神社，出來後左轉上山手通，跑回中目黑。距離粗估十八公里。

照這個路線跑，就不用擔心會「在河的那一邊」跑到快哭出來，也不用擔心腳會因為跑上二十五公里又受傷了。

沿駒澤通跑時，我最遠只跑到駒澤公園過。實際像這樣繼續往下跑，才發現從深澤不動到日體大、環狀八號線這段路不但人少車也少，實在很好跑。

越過環狀八號線，多摩美術大學就在左手邊。從忽然變得窄而彎曲的坡道往下跑，一直跑到這幾年再度開發，愈來愈裝模作樣的二子玉川高樓層住宅區。

難得來到這裡，我便跑下多摩川河堤。雖然很想說「在視野開闊的景色中跑步真是太舒服」，事實上河堤邊不是碎石地就是草皮，根本就很難跑。想再回河堤又找不到地方上去，頻頻拿出手機確認GPS反而麻煩，最後還是很快就回多摩堤通上跑了。

然後又接回目黑通。之前跑到駒澤通終點時我也想過，每次跑到（看到）大路終點或起點時，內心總會一陣感慨。沒想到這類地方意外簡單低調，連類似標明「從這裡開始進入目黑通！」的標示都沒有。總覺得好冷清。這就是長跑者的孤獨嗎（才不是）。

接下來這段路又是沒什麼人的上坡，以反方向越過環狀八號線，朝等等力車站前進。都立大學車站附近的路我已經很熟了。

天清氣爽的三月，跑起步來也很舒服。從這天開始，我把防風夾克給脫了。還有，因為冬天不太需要補水，今年跑到現在還是第一次進便利商店補充水分。這季節實在舒服……啊、好痛。

眼看大鳥神社就快到了，下坡時一絲激烈疼痛竄過左小腿。看吧，就說疼痛會從右腳移動到左腳！沒想到我那不輸國中生的想法竟然成真了。

不過，這次的疼痛很快結束。我立刻又沿第一京濱往青物横丁方向跑，有時也繞到濱松町或東京鐵塔，維持十八到十九公里的距離。這次，疼痛沒有持續跟著我。

既然腳沒事，那差不多又可以開始考慮前往至今「用地圖測量距離」挑出的各種路線中選出的「最需要下定決心」路線。除了物理上的距離，那也是最讓我有「去到那邊就不能半途折返」感覺的地方。

三月二十九日，下午一點，我一如往常從中目黑的小路起跑。途中轉進山手通，依序經過大鳥神社、大崎，然後接上第一京濱。接著在舊海岸通往左，一路往前，到芝浦再往右朝東京灣前進。

這時，這次的目標已聳立眼前。沒錯，就是彩虹大橋。

彩虹大橋可供行人徒步過橋的事，我是在開始跑步後，頻繁「用地圖測量距離」時才查到的資訊。之前也寫過，我因為不開車的關係，知道的路不多。上次跑到多摩川對岸時也誤以為「跑到那座橋就能回對岸」，但那座橋其實是只容車輛通行的第三京濱。因為好一段時間光看地圖，我還以為那些都是人可以走的路。

以前我不知道地圖上也有行人不能通行的路。現在知道了，心想，這樣的話彩虹大橋大概也不行吧。姑且上網查詢，咦？橋的兩側都設有人行步道耶！

說起來，我沒事幾乎不會去台場，對於總是和台場綁在一起的彩虹大橋，我也沒有留下太好的「印象」。一下嫌棄二子玉川一下嫌棄彩虹大橋，我這人看不順眼的東西未免太多了，真的很抱歉。

不過，現在既然知道人可以上彩虹大橋，對它的印象又得另當別論。提高我跑步意願的三大要素「想去遠方」、「想看不同風景」與「想擁有成就感」，彩虹大橋可說三個願望一次滿足啊。或許我內心深處有著用跑步「征服」或「踩點」的欲望吧。對住在那裡的人來說，還真是不必要的困擾。

開始跑之前，我都能想像自己當天晚上在居酒屋「看著GPS嘴角上揚，Chu-hai一杯接一杯」（請大家自行溫習前文）的模樣了。就算打定主意絕對不說，喝到大概第三杯時，一定會脫口而出「封鎖彩虹大橋[1]（以下消音）」的台詞。不、我這不就已經說了嗎！耍什麼賴啊！

下定決心，我朝眼前的彩虹大橋邁開腳步（沒想到還要待續）。

1 這裡是在帶知名日劇《大搜查線》的電影版《大搜查線2：封鎖彩虹大橋》的哏。

RUNNING LOG 2015年3月10日 17.95km

011 彩虹的另一端

上次去品川埠頭跑步時我也想過這件事，就算位於東京都心，從海岸通往海邊……不、真要說的話只要離山手線車站前稍微遠一點，街道瞬間就會變得很冷清。或許跟倉儲林立也有關係，道路寬廣，雖然有大卡車來來去去，卻很少所謂粉領族或上班族經過，也鮮少看到攜家帶眷的人走在上面。

過了田町站附近一座小橋後，眼前似乎就是通往彩虹大橋的道路了。還以為彩虹大橋會比較有觀光景點的樣子，愈靠近卻愈覺得那種落寞冷清的傾向愈強。

靠芝浦這邊的彩虹大橋入口，正好在首都高速公路或百合海鷗號[1]扭轉一圈的那個位置。進入一棟叫「芝浦 Anchorage」的建築，陳舊的一樓大廳裡有幾部自動販賣機、休

息區和廁所。沒有接待櫃台，該怎麼說才好呢，這種獨特的氣氛，彷彿來到門可羅雀的觀光地。

平日的下午，這裡沒半個人（後來我又來了幾次，十次有五次沒人）。然後，總覺得，很暗。想著真的可以從這種地方上去跑步嗎，眼前出現兩個標示牌。右邊寫著「北通道」，左邊寫著「南通道」。我也搞不清楚哪邊是哪邊，就先往右邊走，往前是一座電梯。這裡一樣燈光昏暗，連門看上去都很老舊。按了按鈕後，下來的電梯也一樣，果然很老舊。

電梯只有二樓和七樓的按鈕可以按，然後，上升的速度很慢。到了七樓，電梯門打開後，外面也只是個又窄又暗的空間。完全沒看到「彩虹大橋由此GO！」之類的標示牌。暗自懷疑真的是這裡嗎？這時一扇小自動門開了，踏出一步後，我打從心底大吃一驚。

眼前真的就是速度相當快的汽車呼嘯而過。驚訝之餘，我踏上人行通道，通道寬度大約一公尺，緊貼著車道，真的什麼裝飾都沒有，就是一條朝對岸延伸的步道。這裡是怎樣！竟然真的是彩虹大橋！（不然你以為是哪裡）。

不管怎樣，只能先跑起來再說了。小心翼翼踏出第一步，感覺橋身在搖晃，好恐怖。

右手邊就是車道，汽車或卡車從後面逼近的感覺也好恐怖。還有，橋上的風壓不是開玩笑的恐怖（附帶一提，當時我選了靠都心的北通道是正確的決定，因為和車子的行進方向一致。後來在南通道上跑時，對向車的風壓更是誇張）。

這時，我忽然想起一件事。欸，我有極度的懼高症。

我的懼高症到什麼程度呢？公寓超過四樓的陽台不敢走出去，搭雲霄飛車時速度多快都能忍受，可是只要一往高處爬升時就不行了。差不多是這麼嚴重的懼高症。

這裡也太恐怖了吧！

除了我之外既沒半個人，車子噪音又大，我忍不住真想這麼大喊。

但也幸好沒人。因為最初的十公尺，我是用內八的姿勢在那裡小跑步。跑步時左側雖然有鐵絲網，隔著網子與遼闊的東京灣，映入眼簾的高樓大廈震撼力依然非同小可。「呀啊！」這次我像女生一樣尖叫出聲，身體盡可能靠近車道，舉步艱難地跑起來。

不，景色固然壯觀，當下的我可沒半點心情享受。也想再跑快一點，偏偏雙腿緊張僵硬得催不出速度。

偶爾會出現繞過橋柱朝海面突出的空間，上面還設置了長椅，想必是不錯的觀光景點、拍照景點吧。只是對我來說，真的是完全沒必要的東西。我只能嘟噥著「夠……

了……」快速繞過去，趕緊回到靠車道這邊的步道上。

漸漸掌握了自己身處的狀況，心知應該不至於真的掉進海裡，也就愈跑愈穩定了。沒想到，彩虹大橋還有下個陷阱等著我。

跑到接近中間點，建築物（芝浦Anchorage）再次出現。穿過自動門走出去一看，好不容易適應高度而平息的懼高症，這下更上一層樓了。

這邊的鐵絲網沒有高過頭啊。步道寬度雖然夠寬，扶手欄杆的高度卻不夠高，感覺隨時都能輕易翻過去，跳進東京灣。「呀啊——！」我嚇得屁股都縮起來顫抖。可是，已經無法回頭了。唯有前進，只能前進了啊我！（總覺得這篇的「！」好像特別多）。

懷著走在一條細細鋼索上的絕望心情，朝緩和的下坡直衝下去。要是這一刻我稍微暈眩一下，身體可能就會翻越左側扶手，「噗通」一聲掉進海中。這垂垂老矣的身體大概禁受不住落海的衝擊，掉落瞬間就停止全部機能了吧。太好了，不用承受海水灌進肺部的痛苦，可以靜靜踏上通往另個世界的旅程。仔細想想，這樣的人生或許也不差……

毋通毋通，差點被莫名的呢喃拐走了。

終點驀然降臨。前方不可通行。向右轉，也沒看見「彩虹大橋到此為止！」的熱情標示牌。

轉彎後若直接前進，會接上通往台場的道路。可是，這時我必須從南通道折返芝浦才行。因為要是繼續前進，不是到台場搭電車回家，就是要一路從有明跑到築地，那距離可就會是非常龐大的數字了。

到這裡差不多跑了超過十公里，也不知是純粹距離與體力的問題，還是跟懼高症搏鬥太消耗心力，總覺得雙腿骨頭已經快散了。我只能死命維持「連彩虹大橋都征服的一流跑者」架勢，一邊望著和來時相反邊的台場風景，一邊邁開雙腿。

扶手欄杆外就是大海。沒有鐵絲網。雖然環繞著海的是如此規模的大都會，一旦掉了下去，在救援抵達之前，我的身體就會先撐不住了。儘管還有好多想做的事，人生在此劃下句點好像也不錯。扶手對我發出誘惑……毋通毋通Again。懼高症使我怕到麻木，差點又被莫名的呢喃拐走了。

帶著與來時不同的感覺，再次回到芝浦Anchorage。光算橋上的距離，來回約是三公里多一點。但託各種要素之福，承受了超乎這段距離該有的壓力。

搭上無人的寂寞電梯，走出一樓大廳，回到更寂寞冷清的芝浦街頭。「耶！初次征服彩虹大橋！」就算想這樣炫耀，旁邊也沒有炫耀的對象。就算有，這麼做只會讓我看起來像個病得不輕的變態。

後來雖然有找到最短路徑，那時我還是選擇沿容易找到路的海岸通和山手通跑回來。然後，原因大概就是前面提到的幾個之一，當終點的大鳥神社近在眼前時，骨頭差點散掉的雙腿抖到不行，只能遺憾退場。最後跑的總距離是二十二點四四公里，時間一小時五十六分五十四秒，每公里配速為五分十二秒。

越過那座橋的成就感遠比過去跑的任何一次大。然而，不知為何，後來好一段時間，這條路線彷彿成為我的死穴，只要一跑就會落得半途退場的命運。

1 百合海鷗號全名為「東京臨海新交通臨海線」，是連接港區的新橋車站、迄於江東區的豐洲車站，路線全長不到15公里的無人駕駛輕軌列車。

RUNNING LOG 2015年3月29日 22.44km

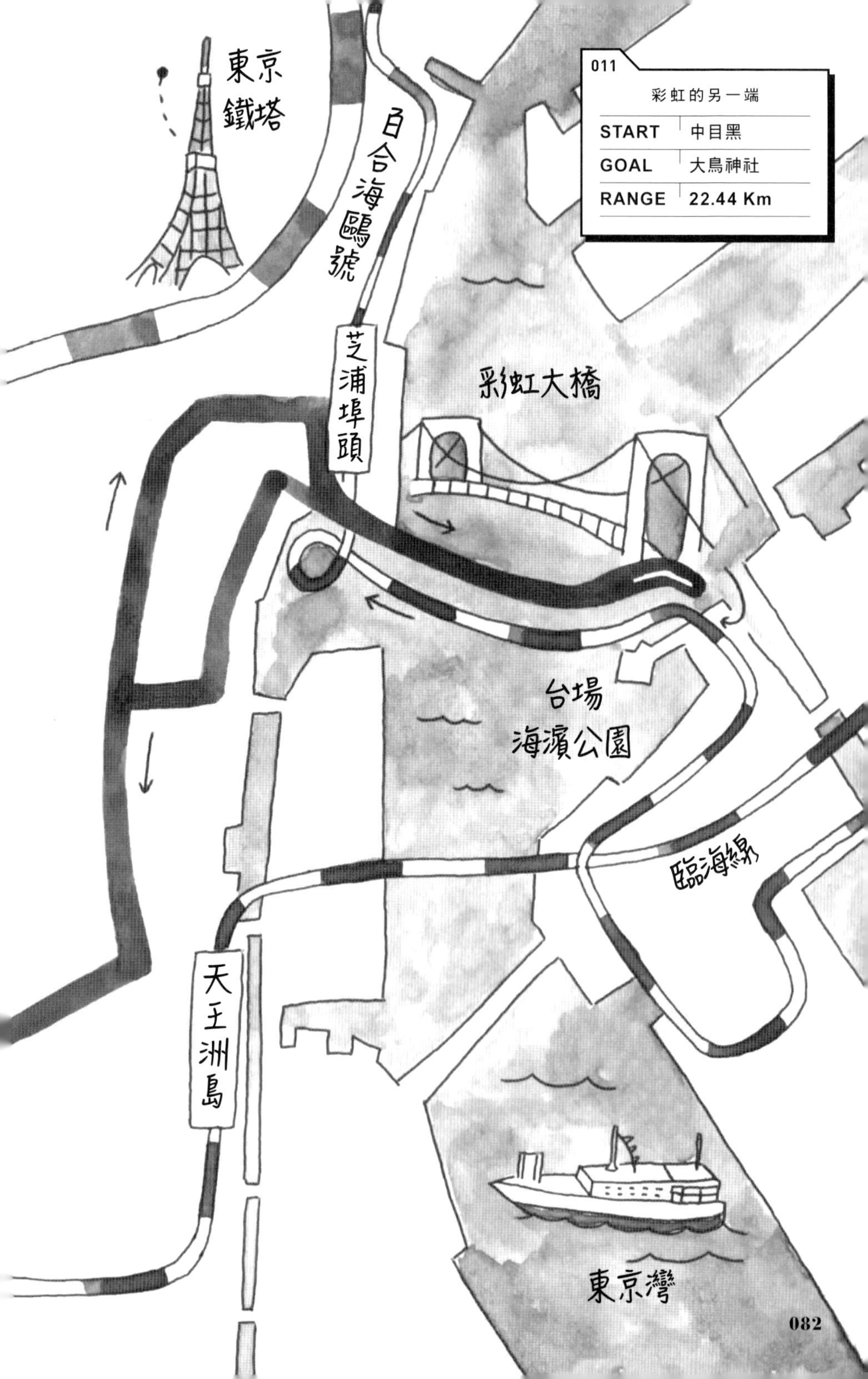
011
彩虹的另一端
START 中目黑
GOAL 大鳥神社
RANGE 22.44 Km
東京鐵塔
百合海鷗號
芝浦埠頭
彩虹大橋
台場
海濱公園
臨海線
天王洲島
東京灣

中目黑
惠比壽
START
惠比壽花園廣場
東京都庭園美術館
目黑
1
品川
山手通
五反田
不動前
GOAL!
大崎

012 都市傳說皇居之謎

開始跑步一年了。繼多摩川、彩虹大橋後，四月一日，我決定實行下一個「早就想跑看看」的跑步計畫。

地點就是，皇居。

在皇居周圍跑步。這是東京都內跑者基本行程中的基本。無論酷暑還是嚴寒，新聞節目裡都能看到記者採訪皇居周圍跑者，聊些與季節相關話題的畫面。當然受訪者一定經過精心挑選，但我也因此得知，原來皇居周圍有不少年輕漂亮的女跑者。

如一匹孤狼般獨自跑步的我，跑步的時段多半選在沒什麼人的平日下午，出沒的地點也是東京都內幾個人煙特別稀少的地方。所以別說美女跑者了，連不是美女的跑者也幾乎

沒遇過。

儘管我完全不想跟誰一起跑，老實說也不想去那種一堆人跑步的地方跑。可是，扯到美女跑者的話，事情又該另當別論了。應該說，就算不是跑者，只要扯到美女就是另當別論。這方面的原則，我是很堅持的。

所以，我決定執行在皇居周圍跑步的計畫。「用地圖測量距離」查看看，發現可以從惠比壽出發，一路跑到南青山七丁目、青山墓地，到赤阪山王下十字路口右轉。碰到溜池十字路口左轉，這時左邊是國會議事堂，右邊是外務省，想抄捷徑的話，好像可以從國土交通省和官廳街中間穿過去。繞皇居跑一圈的距離是五公里，回程跑同樣路線太無聊，看是要沿國道二四六號或從神谷町那邊回來也可以，這樣跑下來，總距離差不多將近二十公里。

實際一跑發現，首先，官公廳[1]附近人出奇得少（午餐時間或許不一樣），非常好跑，但是到處都有警察站崗，害我一邊跑一邊擔心萬一被當成政治犯或恐怖份子怎麼辦。話說回來，要是真把打扮成鈴木尚廣的中年老跑者當成政治犯或恐怖份子，反而讓人覺得對方頭腦是不是有問題吧。

最重要的，在皇居周圍跑步確實很舒服也很好跑，我卻錯愕地發現了某件事實。

竟然沒有美女跑者。

到處都是認真跑步的大叔。電視新聞經常採訪到的美麗ＯＬ們，難道都是刻意安排的樁腳嗎？我憤憤不平了一秒，馬上轉念心想，只有週末或平日下午五點過後再來，才有可能遇到她們吧。問題是，近視、老花、眼睛濛、眼睛霧、視線模糊……遭受這套連續技攻擊的我，晚上沒辦法跑步，也完全不想週末混在大群跑者中間跑步。這麼說來，我永遠都不可能遇到她們了。

莎喲娜啦，各位漂亮的銀座ＯＬ。

到底在講什麼啊我。

就這樣，第一次在皇居周圍跑步，跑完約莫十八公里，懷著興奮期待的心情拿出智慧型手機，打開跑步ＡＰＰ，打算按下停止鍵時大失所望，不知是沒按到開始鍵，還是跑到一半出了什麼差錯，跑步ＡＰＰ竟然沒有啟動。

嘖。虧我今晚還想好好享受「皇居 -hai」的（這意思並非我擅自舉辦了「皇居盃馬拉松大賽」，而是「打開ＧＰＳ測量結果，一邊對著那條繞著皇居跑的路線揚起嘴角，一邊暢飲 Chu-hai」的意思）。

大概對ＡＰＰ沒順利啟動的事很不甘心吧，儘管中間跑去別條路線跑了差不多十六公里，第一次在皇居周圍跑步的五天後，我很快地再次前往皇居。為了保持新鮮感，向來喜歡各種不同路線輪流的我，如此短期間內再次踏上同一條路線可是很難得的事。

而這次的跑步，讓我得知可怕的國家陰謀。因為，我搞懂為何上次跑步APP沒有啟動了。

或許這天我打一開始就有某種預感，跑到赤坂附近後，不時解開腰包，拉開拉鍊，拿出裡面的iPhone檢查跑步APP是否正常運作。跑到一半得停下來做這種事其實很麻煩，但這樣的預感與停下來檢查的動作，真的產生了意想不到的結果。

從山王下到溜池十字路口，接著沿上坡跑到官公廳。從這邊往左是國會議事堂，往右就是財務省，右斜前方則是外務省的霞關十字路口，我就站在這裡打開APP檢查。

果然不出所料。

GPS停在日枝神社入口的山王下十字路口。APP裡的紀錄停留在這個地點，畫面上顯示「有幾個紀錄不到的地方」。

我早有感覺會這樣。猜測五天前跑步APP之所以中途失效，大概是皇居或官公廳附近有什麼妨礙GPS的裝置。

文章走向忽然變成八卦小報的風格了，還請各位耐著性子看下去。

跑到霞關後，重新啟動跑步APP，這次在皇居外圍跑起來。從櫻田門跑到祝田橋左轉，停下來檢查APP，還在正常啟動中。接著直直往前跑，期間不拿手機出來看，直到跑過大手門後左轉，再次檢查APP。很好，沒問題。轉一圈到竹橋再拿出手機檢查，依然沒有問題。

出於某種原因，妨礙GPS的裝置似乎不在皇居，而是在官公廳。

這麼想著，我又繼續跑了一下子。從竹橋到千鳥之淵，左轉一路跑到三宅坂的坡道處。這麼一來，幾乎快繞整個皇居一圈了。我拿出手機。

再次感到錯愕。跑步APP居然又半途停住。GPS停止的地點在竹橋與千鳥之淵中間，靠皇居北之丸公園那邊，首都高速公路代官町的入口附近。

為何，為什麼呢。

我覺得自己好像知道了不該知道的事。今晚，我說不定會神秘失蹤。對外宣稱是跑步時遇到意外事故，其實可能已經被丟到彩虹大橋下淹死了。又說不定會被帶到警方公安部門的審訊室，一個看不清楚長相的眼鏡男，要我加入一樁令人難以置信的陰謀行動。

這類幻想在我腦中團團轉，那天晚上，老地方的居酒屋裡，一邊嘟噥著「我跑步只是為了看這GPS結果啊。在皇居周圍跑步的事，只能放棄了嗎」之類已經搞不清楚什麼是對什麼是錯的感想，一邊又點了一杯 Chu-hai。

順道一提，這件事我跟三位有跑步經驗的人提過，其中兩位對這奇妙現象似乎絲毫不感興趣，只給了我非常正面又實際的建議：「比起 RUN〇〇〇（我使用的跑步APP），建議你用另一個叫〇〇〇 RUN 的 APP，測量結果更精確，應該不會再中途停住了喔。」

結果，我既沒有失蹤，沒有被丟進海裡也沒有被迫加入任何陰謀行動，還再次挑戰了上彩虹大橋跑步。這次我擬定遠大的計畫，打算從有明渡過晴海大橋，再從築地跑回內陸。沒想到，在最沒地方可折返的有明「啪嘰啪嘰啪嘰！」腳痛得不能跑，強忍淚水硬走到築地搭日比谷線回家。後來二度挑戰多摩川邊跑步，也在回程途中腳受傷，落得必須從都立大學站搭東橫線回家的命運。就這樣恢復我原本正常的跑步人生。

什麼正常，根本一直在受傷。

順便說一下，四月、五月和六月各挑戰了一次彩虹大橋，五月挑戰了一次多摩川，全都中途退場。

難道，這就是那個陰謀？（也太平凡了吧）。

1 官公廳指的是政府行政機關。

RUNNING LOG 2015年4月1日 ?.?km

013 不在大阪出生的男人

四月下旬，我和一位真的不得了的跑者一起吃了飯。其實我們從以前就認識了，沒想到他現在成為馬拉松選手，代表某國參加奧運。

一方面覺得問這種問題很失禮，我還是問了這位跑者「每次拉長距離腳就會痛，該怎麼辦才好呢」，毫不掩飾自己的外行。聽了我的疑問，有著深邃五官的他立刻這麼回答：

「深蹲。這是最好的方法。」

完全沒有想像中的「少囉唆！不會自己想喔！喵！」，平常的他就是這麼老實認真又安靜。他就是貓廣志[1]。

可是，儘管得到如此值得感恩的建議，基本上除了跑步之外不想做任何運動訓練的我，後來也展現了鋼鐵般的意志，連一次都沒做過貓兄建議的深蹲。

不過，這樣的我很快就遭天譴了。隔天，我沿山手通往北跑，過參宮橋右轉，正想從北參道跑向明治神宮時，右腳腳底出現前所未有的疼痛。

以為疼痛很快就會消失，拖著腳步慢慢走到表參道。沒想到不管怎麼走，腳底還是那麼痛。去藥房買了肌肉冷卻噴霧，站在表參道正中央（的小巷子），脫下跑鞋與襪子，朝腳底噴冷卻噴霧的大叔就是我。對了，這天正好是昭和之日。國定假日的表參道，青山[2]美女熙來攘往。

五月開始偶爾會用復健跑法放慢速度，在腳痛起來之前自主退場，可是有時還是會痛。自以為沒問題，又再次挑戰了彩虹大橋的長距離跑，果然再次受傷，再次展開復健慢跑。就像這樣一再循環。

然而，在這樣的日子裡，我的跑步人生迎來了新的局面。

姑且稱之為「大阪城ＲＵＮ」。

居然，我將第一次在外縣市跑步了。所謂的遠征。

事情的始末是這樣的。平常我一邊欣賞ＧＰＳ一邊喝Chu-hai的那間居酒屋老闆，原本是在大阪開店的人。不用說，當然也是個阪神虎迷。我和他每天聊棒球聊得不亦樂乎，其中有一次聊到，不如讓身為養樂多燕子隊球迷俱樂部會員的我，坐在甲子園球場右側阪神加油席的正中央，觀賞阪神對巨人的球賽吧。

雖說我跟大阪沒有任何緣份，這麼開心的企劃怎麼能不摻一腳呢。就這麼決定前往大阪，體驗第一次的甲子園觀戰，之後再請老闆帶我去天滿鬧區喝到天亮。

來吧，盡情享受大阪。一覺起來就準備回家囉。

不、我可不這麼想。睽違十年來到大阪，怎能不好好利用這次機會呢。沒錯！我要在大阪跑步！不、我要在大阪跑步 bai！（那是 hai 的九州腔）。

飯店中午就得辦理退房，要跑步最好上午去跑。但我心知一定會喝到天亮，這樣的話就想睡到退房前最後一刻。所以，出發前先在網路上找了幾個能換衣服和沖澡的地方。

實際到了那天，預先找好的兩個地方都沒開。對大阪街道不熟的我，在一個叫天滿橋的地方和森之宮之間走來走去，茫然徘徊了許久。好不容易在森之宮車站附近找到可以換洗的地方，換上運動衣，瀟灑跑向大阪城。

由於腳傷未癒，只跑了六點七七公里，花費時間三十三分三秒，配速四分五十二秒。只是簡單跑跑，卻擁有難以言喻的爽快感。對了，這天是二〇一五年五月二十一日，也就是「大阪都構想」（將大阪府與大阪市合而為一的行政區升格計畫）居民公投的四天後。

若問我那又怎樣還真沒怎樣，站在那裡仰望大阪府辦公廳，土生土長的東京人我是一點感覺都沒有，就這樣從前面經過了。

這麼說起來，這次是搭新幹線去跑步的，實現了我當初「ＪＲ ＲＵＮ ＲＵＮ」的企劃呢。正確來說應該是「ＪＲ阪神虎．喝到天亮ＲＵＮ」企劃才對。

好的，日後要是再有機會去哪個外縣市，我都要在那塊土地上跑步。才剛這麼打定主意，我就想起不愛出門的自己一年離開東京的次數可能不到一次。

那麼，回到東京迎來了六月。雖說有時也能舒適愉悅地跑完預定路程，偶爾還是會腳痛，我自己也搞不懂距離和受傷不得不退場的因果關係，繼續著這樣的跑步人生。

六月十一日，在品川和古川橋一帶順利跑完十四公里的隔天，肩胛骨附近感到非常緊繃。腰痛背痛肩膀痛對我而言幾乎是家常便飯了，這時也不是太在意。不料隔天疼痛未減，再隔一天整個背都緊繃起來，而且愈來愈痛。

即使心知不妙，或許正因身體這樣吧，我反而故意出去跑步。

從赤坂經由皇居，不繞皇居一圈而是在日比谷公園附近就轉往芝公園，再繞過三田回中目黑。距離十八點八七公里，時間一小時四十四分二十八秒，配速五分四十三秒。速度果然慢了些。不只如此，跑下來身體不但沒有放鬆，疼痛的症狀還更嚴重。我用了止痛的塞劑，即使如此還是沒能緩解疼痛。

這時，我忽然想起一件差點忘記的事。直到三年前每年一次，兩年前每年有三次，我都會陷入原因不明的身體不適。難道當時的自律神經失調又復發了嗎？拜跑步之賜（或者說沐浴在陽光下之賜），這一年三個月來，直到今天都不曾再陷入那種身體不適過，這時終於要捲土重來了嗎？

不管怎麼說，身體實在難受。疑心病重的我擔心可能是什麼大病前兆，擔心得睡都睡不著。可是同時又有個預感，即使去內科驗血，去外科照X光，最後得到的還是過去那句「找不出特別的問題」。

在狀況如此嚴重下仍心疼檢查費用的我，碰巧收到目黑區的健康檢查通知單，就用這個做了診療和檢查。驗血驗尿和超音波的結果是不出所料的「沒問題」，順便去骨科接受檢查又遇到一個敷衍醫生，別說拍X光了，連觸診都沒有，只隨便開了止痛藥。

但，或許我想要的就是這份「安心感」吧。隔天試著簡單跑個十公里看看，背部緊繃的狀況居然好多了。

就在這些狀況中，五月也來到了下旬。天氣有時熱得像盛夏一般。過去大概保持在一公里五分鐘左右的配速，遇到這種天氣就會一口氣掉到一公里五分半，一個不小心還會超過六分鐘。差不多跑五公里就要找便利商店補給一次水分，這雖然也是配速變慢的原因，天氣一熱速度本來就會變慢的事，去年那個慢慢跑的我還不知道。

這麼熱的時候，至少該等太陽下山，涼快一點再出門跑步。但是前面也說過很多次了，我跑步的目的是為了曬太陽。

這麼說聽起來好像很酷，事實上，看到在陽光灼熱的午後一點出門跑步的我，鄰居連「不會吧」都驚訝得說不出口，只露出一臉難以置信的表情。等我一副快死掉的樣子滿身大汗回來，他們又用「為什麼？」的眼光看我，彷彿我是個瘋子似的，偷偷拉開一點距離微笑點頭致意。

然而，就在盛暑的七月十日，「二十點三一公里，一小時五十五分二十五秒，每公里配速五分四十一秒」，數字固然不好看，我終於在第六次挑戰時沒有半途退場，成功跑完了整座彩虹大橋。

「封鎖彩虹大橋（以下自主消音）」。

1 貓廣志是日本諧星，二〇一一年入籍柬埔寨，並於二〇一六里約奧運成為柬埔寨的馬拉松參賽代表選手。
2 青山為表參道一帶的地名。

RUNNING LOG 2015年7月10日 20.31km

014

孝順與跑步

前面寫到去大阪城跑步的事，可是我這人終究不愛出門，也就很少有機會到外縣市享受遠征的樂趣。話雖如此，不過想想，機會還是有的。

雖然不在外縣市，東京都內仍有個地方能讓我遠征嘛。那就是我位於葛飾區的老家。

我通常一個月會回去一次，六月回去那天特地穿上跑鞋，帶著運動服，在午餐時間回到在葛飾區金町的老家。陪父母吃過飯後，忙不迭換上運動服，對爸媽說一聲「我去跑個步」。

自家兒子差不多小學五年級後就沒做過像樣運動的事，父母是再清楚不過。因為實在太不愛運動了，國中時他們還曾要求我早上上學前先去慢跑。不過，我只是坐在公園裡打

發時間的事，他們也不是不知道。

這樣的兒子竟然會說「我去跑個步」，都已經四十六歲了。

我以龜有警署（不是公園前派出所）為起點，沿六號國道前進。越過中川，從河邊往南跑，中川在跨過京成線後分出支流新中川，我就從這附近過橋跑到高砂。這附近有我小時候就讀的幼稚園，也是電影《男人真命苦》中耳熟能詳的柴又帝釋天一帶，我再從這裡往江戶川河邊跑，跑到又是我小時候讀過的小學附近再折返。總距離七點八二公里，時間三十九分八秒，配速五分零秒。

這樣說自己老家附近好像也不太對，但是比起目黑區或澀谷區，這裡人少路又寬，確實很好跑沒錯，但是，總覺得有點蕭條。

以中目黑為起點跑步後，發現不同地區給人的印象大不相同。這裡就不寫出地名了，只是在某一區跑步時，即使天氣很好，也會覺得四下昏暗，大概空氣沉澱滯塞了吧。相反地，明明跑在建築密集的住宅區，有些地方還是能讓人感到空氣流通。此外，某些熱鬧的車站前，人們散發的氛圍總讓我感到格格不入。

至於自己老家葛飾這邊呢，空氣雖然清新，整體仍散發一股蕭條的氛圍（這充其量只是我個人的觀感）。不過，很適合跑步。

好的，此時又到了「用地圖測量距離」出場的時候。下次回老家該去哪裡跑步好呢，以金町為起點，我徹夜不眠地點擊滑鼠研究路線。

七月二十日，回老家的日子再度來臨。到底是想回去看爸媽，還是想在葛飾區跑步，我已經搞不清楚自己的優先順位了。

這次我有一件無論如何都想嘗試的事。金町位於東京的最東邊，換句話說就是鄰接千葉縣。這次，我要越過江戶川！為了不像上次不小心越過多摩川那樣落得悲慘的下場，我可是好好調查過了喔！

然而，這條精心策劃的路線，竟然有著我意想不到的「陷阱」。

大熱天的大太陽下，從老家出發。沿著六號國道往江戶川方向跑，過了河就是松戶市，接下來只要一路沿江戶川往市川方向去就對了。不料，這正是陷阱。

這條路上，沒有任何遮蔭！從河邊到松戶，沿路只有農田與高爾夫球場。想繞到別條有遮蔭的路也沒得繞。順帶一提，當時的氣溫是攝氏三十二點七度。

熾烈陽光毫不留情射下。不只如此，還有更大的陷阱在前方等著我這個跑步的大叔。

沒有便利商店！跑到河邊後，最初一公里左右的地方，有個早年人們從柴又過來時搭的「矢切渡船」碼頭，那裡有一部自動販賣機。我身上也備有兩百圓硬幣，但嫌掏錢出來太麻煩，心想只要再往前跑一點，一定會有能用西瓜卡結帳的便利商店，就這麼把自動販賣機拋在腦後了。真是失策。繼續跑下去，別說便利商店，連其他自動販賣機也沒看見。暴露在超過三十度的灼熱陽光下，我卻完全無法補充水分。

難道我要因為這種原因死在這種地方了嗎？我當真這麼想。

好不容易遇到自動販賣機順利買到水，已經是從老家出門後跑了六公里到市川附近時的事。似乎有點理解沙漠裡找到綠洲的遇難者心情。

過了夾在京成線與總武線之間的橋回到東京，要是天氣涼爽，在江戶川河堤上跑起來一定很舒暢，但現在這麼做肯定只會中暑。為了盡可能爭取遮蔭，我跑下河堤，穿過住宅區跑回柴又。

即使離剛才補充水分的時間沒有多久，只要看到便利商店，我就毫不猶豫飛奔進去買水。絕對不想再重蹈剛才的覆轍。

這次總共跑了十一點七五公里，花費一小時十分十九秒，配速是五分五十九秒。後來我為這次的路跑取名為「在地舉辦・柴又帝釋天・大熱天下真命苦紀念盃」，還上傳到Facebook。

向來活得低科技又討厭與人群聚的我嘴裡忽然冒出不像我會說的單字，一定有人覺得很驚訝吧。我的Facebook只用來上傳跑步APP的結果與在神宮球場拍的「燕九郎[1]」照片。因為兩者都是只上傳給自己看的東西，所以貼文設定為「只限本人」。如果有人要問「這樣上傳Facebook有什麼意義」，我也只能回答「您說的沒錯」。

到了下一個月，回老家跑步的行程更上一層樓。配合定期回診的父親，那天我和父母直接約在御茶水病院，由我來幫腳不好的父親推輪椅，三人搭計程車去了日本橋，在百貨公司餐廳一起吃午餐。因為有我來幫忙，父母移動起來輕鬆許多，母親提出想去平常不方便去的地方吃飯的要求。我也確實照辦了。

但，聽起來雖然像在盡孝，從出發前我一直思考的都是那之後的事。

按照原本預定計畫，吃完飯後本該三人再一起搭上計程車回金町，我卻問母親「如果我只幫忙送你們上計程車，下車的時候沒有我在也沒問題吧？」母親雖然訝異，也回答說沒問題。因此，我一出餐廳就跑去廁所換上自己帶來的運動衣，協助父母搭上計程車，還請他們順便幫我把背包帶回家，然後一個人留在原地目送他們離開。

已經不確定到底是孝順還是不孝。既然要陪父母去日本橋，豈不是可以從那裡跑回金町嗎！一定會很開心！這麼一想，我就興奮得迫不及待了。

第四回也提到過，我曾調查中目黑到金町的跑步路線，那條路線正好會經過日本橋。

從日本橋出發，首先朝人形町前進。二十多年前住過江東區，常在這一帶閒晃，多少還算熟門熟路。跑到馬喰町附近就接上六號國道了，接下來只要沿著這條路跑下去就行。

經過藏前，在淺草唯一可以右轉也可以左轉的地點越過隅田川。之後，視野一口氣變得開闊，景色也冷清起來。途經向島、四木，越過荒川後來到青戶，接著再越過中川，很快就回到了金町。

總距離十四點六一公里，時間一小時十四分五十四秒，配速為五分七秒。跑步APP上，GPS從東京都心往右斜角四十五度拉出的那條幾近筆直的線，實在太美了。等間隔顯示的公里數看了也很爽快。對啦，我就是個忘了孝順父母，連回老家都只顧著看手機的不肖子。

1 燕九郎是日本職棒養樂多燕子隊的吉祥物。

RUNNING LOG 2015年7月20日 11.75km

矢切渡船
北總線
矢切
江戶川
京成本線
江戶川
國府台
總武線

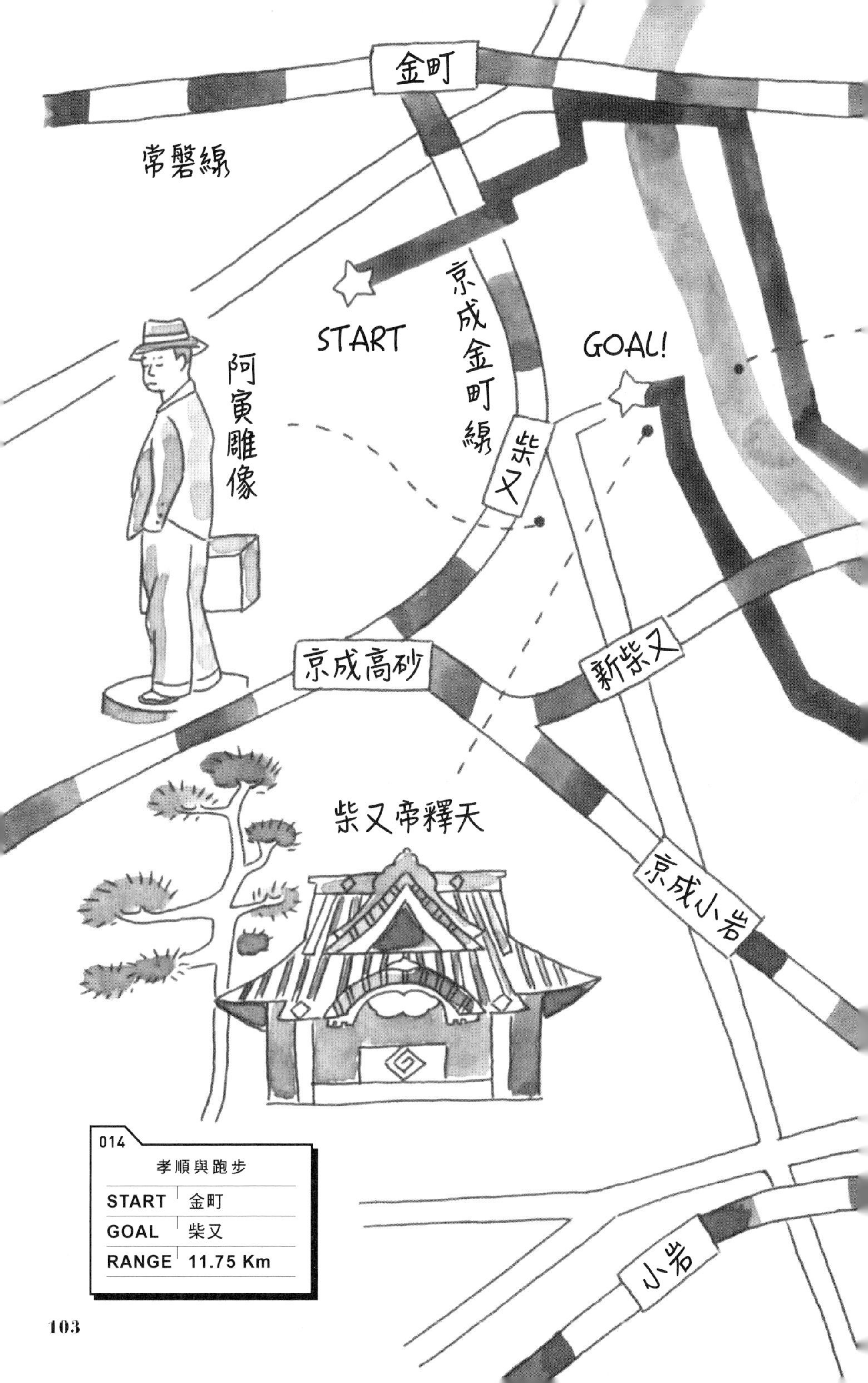

014

孝順與跑步

START	金町
GOAL	柴又
RANGE	11.75 Km

中途報告

折返點「用GPS畫圖」

※本篇是專程為日本《Tarzan》雜誌馬拉松專題（也製作成在東京馬拉松與大阪馬拉松上發送的小冊子）提供之特別稿。

好的，讀到這裡的各位女性讀者們，誠如你們所知，我「只是變得會跑步了」，至於身體是否呈現戲劇性的變化，很可惜的必須說，沒有！

的確，最初不到半年就瘦了超過五公斤。可是，從那之後體重一直維持固定。順便一提，就連狀況最好時的配速都沒少於每公里五分鐘過。想必這就是我的極限了。

再者，原本是為了改善自律神經失調症和腰痛問題而開始跑步，但這兩個毛病發生的頻率和症狀都沒太大改變。健康檢查的數值也和過去差不多。簡直想去控告各大醫院那些只會說「沐浴在陽光下運動就會痊癒」的醫生。

沒錯，現在我一星期吃不到一次拉麵，一年吃不到一次燒肉了。我也很想說健康的飲食生活來自跑步運動，但事實上，純粹就是年紀大了，吃多會火燒心，吃不了那麼多而已。

自己也覺得不可思議。天生體質貧弱就算了，身體機能還在不斷老化中，唯有跑步這件事彷彿跟這些都沒關係似的。不知為何，就是跑得動。不只如此，都跑成這樣了，還是一點也不覺得有鍛鍊到身體。跑完只換來一身疲勞，每天都要睡午覺。根本不行嘛。

不過，跑步常被提到的好處之一「增強下半身威力與肌力」，關於這點我倒有那麼點感覺。

日常生活中，在車站就算繞路也要去搭電梯，不得不爬樓梯時一定得抓著扶手，和過去一樣爬得氣喘吁吁。就這點來看，下半身威力似乎沒有進步。

然而，原本像飛鼠翼膜一樣鬆垮得可以拉伸，已經進入老人模式的蛋蛋，忽然緊縮得像顆核桃。或許局部肌力還是有鍛鍊到的吧。

啊、不是在講這個嗎？這樣啊。

正如至今所寫，在我的跑步人生中發揮最顯著效果的，大概在於「跑步是轉換心情最棒的方法」。以住家為起點，將半徑大約八公里範圍內的路依序跑過，這事對我而言好玩得不得了。比起運動身體的目的，我更想做的是去跑沒跑過的街道，稱霸所有自己在地圖上找到的路線。

真要說的話，這種心情比較接近散步。不是「地井散步[1]」，而是「跑步散步」。

不是「閒逛塔摩利[2]」，而是「跑步塔摩利」，不對，我又不是塔摩利。

只是，在此想請各位女性讀者回想一下。我這個人具有稍嫌偏執的阿宅體質一事。

比方說，迷上電影《正宗哥吉拉》的我，看完電影之後也曾跟著哥吉拉走過的路線跑步，這就像是一種聖地巡禮。關於我在這條路上跑步的情形，會在本書後半找個地方寫出來，只是就連事前做的「準備」，看起來都很有事。

電影中的哥吉拉從大田區吞川溯流而上，經過蒲田車站前方。之後分成兩條路線，一條是往品川的八山橋方向去，另一條是從多摩川的丸子橋轉向丸之內。這應該是大家都知道的事。

當時我進戲院看了兩次，第二次幾乎都在睜大眼睛死命確認路線。後來，因為DVD還沒發售，光是預告篇的影片我就重複看了幾十次，還到處找網路上粉絲分享的文章徹底調查，試圖找出更正確的位置。

每日每夜，我蜷著身體坐在電腦前，盯著螢幕上的地圖鑽研。前後加起來也有個幾十小時了。

事到如今說這話或許太遲，應該拿這時間去認真工作才對吧。或者快點去跑步。

然而，哥吉拉路線至少我還有真的去跑。有時，我只是每天晚上在家上演「鍵盤跑步」的戲碼。從地圖上挖掘沒跑過的遙遠城市，盯著地圖測量距離，感覺就像自己實地去跑過一樣。不用花半毛錢，多麼優雅的遊戲。

比方說福岡。我的設定是自己住在天神一帶的飯店，以此為起點，途經大濠公園、福岡巨蛋以及小學時代因父親調職關係住過三年的百道濱，跑到七隈附近轉一圈，穿過中洲回原點，像這樣籌劃了一條十八公里左右的路線。看著地圖上的路線圖，想像在上面奔馳的自己，一個人嘴角上揚地喝酒。

不然試試看那個城市吧，試試看那條街吧。北至札幌，南至石垣島，最後連北至北千住，南至南千住都想過了。回過神來，每日每夜，我蜷著身體坐在電腦前，盯著螢幕上的地圖鑽研。前後加起來也有個幾十小時了。

就說有這時間的話應該去認真工作才對吧。或者倒不如說，近視和老花都要變嚴重了啦。

沒錯，在我的跑步人生中，最重要的部份是事前探索時地圖上拉出的那條顯示路線的曲線。以及跑步之後，手機APP裡GPS紀錄的顯示實際跑過路線的曲線。跑完之後，拿GPS曲線當下酒小菜，一邊喝酒一邊自言自語「終於跑到中野區了啊」、「目黑川綠道全都跑過了唷」，就算說這是我跑步的目的也不為過。

最後在此坦承一個非常人所能及的小插曲。剛開始跑步的時候，儘管沒有真的去實行，但我每天都在研究如何寫出「GPS文字」。

GPS文字。各位對這詞彙感到陌生也是理所當然的事，因為這是我自己發明的說法。簡單來說，就是用跑過的軌跡寫出「松久」或畫哆啦A夢的臉之類的。我每天都在鑽研怎麼跑才能達到這些效果。

回過神時才發現，每日每夜我蜷著身體坐在電腦前，盯著螢幕上的地圖鑽研。前後加起來也有個幾十小時了。一邊啜飲小酒，一邊用滑鼠在地圖上點擊點擊點擊。「啊啊！走這邊的話就寫不出這一撇了」，或是「這樣就畫不出哆啦A夢的四次元口袋了啦……」

不是說了嗎，有這時間的話應該去認真工作才對吧！或者說，就是因為老做這種事，腰痛才永遠都不會好啦！

寫成文字一看，才知道自己到底多有事。只是，那時我的認真也是認真的。

所以，雖然忽然就要來下結論和提出忠告，總之我想說的是，有阿宅性格又擅長獨處的人一旦迷上跑步，請特別注意可能產生的副作用，那就是與有益健康的運動時間成正比……不、甚至可能會花上好幾倍的時間去做對腰、對眼睛、對睡眠、精神及工作都造成損害，既不健康又沒必要的事。

什麼，只有我這個人是會這樣嗎？

1「地景散步」為日本老牌演員地井武男前往東京各地散步、探訪的紀行綜藝節目。

2「閒逛塔摩利」由日本知名主持人塔摩利手持古地圖對照，在東京街頭探訪歷史或建築等的紀行綜藝節目。

STATION.2

於是一年後……

015 遙不可及的東京馬拉松

原本覺得會去跑馬拉松大賽的人都是笨蛋。

直到一年半前還覺得跑步的人都是笨蛋的我，現在已經像這樣深深迷上跑步，一星期平均跑三天，一次平均跑十五公里。由此可見，人的觀念真的不能太鐵齒。

話雖如此，正因為一個人就能跑，所以才選擇跑步。專業比賽或箱根接力馬拉松那種大賽還無話可說，一般跑者群聚在一個地方跑步到底有何樂趣可言？參加馬拉松大賽到底又能怎樣？

以上，是我大概半年前的想法。跑步跑到一定程度後，那些有馬拉松大賽經驗的人老愛在我耳邊發出惡魔的呢喃，「你都這麼能跑了，全馬一定也很輕鬆」、「馬拉松大賽上

全馬全馬…
半馬半馬♥
全馬
全馬
全馬
全馬
全馬
全馬
全馬
全馬
喵！
（汪！）
世田谷♥
半馬

沒有紅綠燈，一定能跑出更好的配速喔」，輕易洗腦了我。

首先是七月三十一日，我上網報名了預計十一月舉行的「世田谷二四六半程馬拉松大賽」。去年我第一次得知這項大賽的存在，在駒澤大學車站附近跑步時，看見路邊立著「配合世田谷二四六半程馬拉松大賽，本路段將於○月△日封街，無法通行」的告示招牌。

當時我還在覺醒前夕，二十一公里簡直是夢想中的夢想，所以就算看到這種招牌也頂多暗忖「嗯哼，是喔」。一個月後，一位女性熟人來報告說，她跟兒子一起跑完了當天同時舉辦的五公里行程。

連世田谷美女人妻（前新聞主播）也去參加的大賽。這個關鍵字將「世田谷二四六半馬」烙印在我腦中。當時碰巧我自己跑距也突破了二十公里，還不小心橫渡多摩川，自行舉行了一場「個人世田谷二四六半程馬拉松大賽」。

好喔，全馬可能還太早，半馬的話應該可以。帶著稍嫌臭屁的上對下態度，我完成了報名。

那麼，在此要請大家回想一下，我雖然是個時時不忘謹慎謙虛的 nice guy，但也同時具備一得意忘形就會加倍拚命的騎虎難下個性。才剛講完「如果只是半馬應該沒問題」的話，兩天後，我又報名了預計明年二月舉行的東京全程馬拉松大賽。

按下滑鼠完成報名手續後，不知為何情緒莫名激昂。然後，我就開始焦慮了。

在此又要請大家回想一下，我這人做事龜毛又神經質，還非常擅長瞎操心。

十一月跑完半馬後，該從哪個時間點開始拉長練習距離好呢？或許有人以為我擔心的是這個，模擬完情境就開始焦慮了吧？其實不是。

追根究底，跑馬拉松大賽時，自己的東西要放哪裡好？像二四六馬拉松這種起點和終點在同個地方（駒澤公園）的大賽還能理解，比方說，從都廳出發，終點卻在台場的大賽，難道一開始就得雙手空空去報到嗎？還是說，跑完之後得穿著汗溼的運動衣自行搭電車回來？

平時我都是睡到中午，起床後先喝下五百毫升的水，大完便才出去跑步。大賽當天肯定得早起吧。我來得及在出門前完成大便的任務嗎？前一天該幾點上床睡覺呢？平常都快天亮才睡的我真的沒問題嗎？Weider in Jelly 什麼的，是否出門前先喝比較好？跑鞋似乎應該買新的，可是萬一太新，到時不合腳怎麼辦？正式上場前還是得先穿一陣子適應一下比較好吧？有機會參加大賽當然想打開跑步 APP，跑完才能享受盯著 GPS 曲線嘴角上揚的樂趣，可是既然都參加大賽了，想盡可能跑出好成績的話，身上帶的東西愈少愈好吧？補給口糧允許帶到什麼程度呢？香蕉算零食嗎？

夠了！我連吐嘈自己都忘記，擔心的事接連噴發，我每天都抱頭苦惱到天亮。

前面寫到要先在跑完二四六半馬後逐漸拉長練習距離，可是在此又要請各位回想一下了。我這人是個重度的急性子。關於自己工作品質的評價雖然很少聽說，唯有工作速度肯定是業界頂尖，從來沒擔心過截稿日。因為我總是馬上就寫好了。

這樣的我，在提出參賽申請的十天後某個盛暑之日，決定出門挑戰過去曾失敗過一次，也是至今自己跑過距離最長的路線。

這條路線是這樣的。從中目黑出發，採最短路徑途經白金高輪、泉岳寺，從高輪橋架道橋下（最低的地方只有一點五公尺高，寬度超過兩百公尺，從山手線底下穿過，人稱「妖怪隧道」的路段）跑向彩虹大橋。接著穿越有明，渡過晴海大橋，途經勝鬨，前往築地。

從彩虹大橋到勝鬨橋這段，不管怎麼說原本底下都是海，所以抵達築地那一刻「回到陸地了」的感覺也不是普通強烈。這種感覺只有實際跑過才會明白。是說，走路或搭車或許也能獲得相同的感覺吧。

接著再從築地往新橋，途經御成門、增上寺，穿過東京鐵塔，然後從慶應大學、古川橋到天現寺、惠比壽，最後回到中目黑。和天氣炎熱或許也有關，總距離跑了二十六點七三公里，花費兩小時四十六分二十二秒，配速六分十三秒，算慢的了。只是不管怎麼說，我終於成功突破二十五公里。照這情形下去，只要算準時間，每次增加五公里就行了。

然而，九月十日，我收到一封電子郵件。

「致松久淳先生　感謝您申請報名本次第二十屆世田谷二四六半程馬拉松大賽。經過嚴格公正的抽籤，結果必須非常遺憾地通知您落選。特此聯絡。此外，本大賽沒有追加當選或取消候補等機制。無法回應您的期盼，真的非常抱歉，請務必見諒。」

什麼嘛，太火大了。對方沒有做錯什麼，可我就是很火大。

好吧，算了。反正半馬也無法滿足現在的我，別去跑那種不上不下的距離，直接挑戰全馬，好好開跑一場吧。

我這樣轉換了心情，不料——

「◇◇東京馬拉松二〇一六抽選結果（落選）通知◇◇此致　松久淳先生

非常感謝您申請報名本次東京馬拉松二〇一六大賽。由於申請人數超過參加上限，經過嚴格公正抽籤，必須非常遺憾地向您通知，抽籤結果無法如您所願。」

這封九月十四日收到的電子郵件，讓我氣得不知道發抖成什麼樣。別的不說，開頭那

◇◇是怎樣？都落選了弄得這麼花俏幹嘛！（標準的遷怒）。

儘管不是沒聽說過，但還真沒想到馬拉松大賽這種東西竟然這麼搶手。接連兩次的落選，一定是上天在懲罰那個以為跑步的人和參加馬拉松大賽的人都是笨蛋的我。這是天譴。

話是這麼說，我還是很火大！

立刻請教朋友，然後報名了預計明年三月舉行的橫濱馬拉松。我情緒激動，心想絕對要在馬拉松大賽上跑到步。就這樣，完全被敵人（誰啊）玩弄在股掌之間。

九月二十三日，因為實在太不甘心了，決定和上次來個反方向，再稍微擴大跑步範圍，從赤坂到溜池，再從新橋到築地，從有明到台場，橫渡彩虹大橋後往天王洲跑，最後沿著山手通跑回中目黑。

途中感覺雙腿都快散了，依然勉強拖著兩隻腳繼續跑，直到跑步ＡＰＰ突破那個數字。最終結果跑出總距離三十點一公里，花費兩小時四十二分兩秒，每公里五分二十四秒的配速。

終於，我突破三十公里了。

RUNNING LOG 2015年9月23日 30.01km

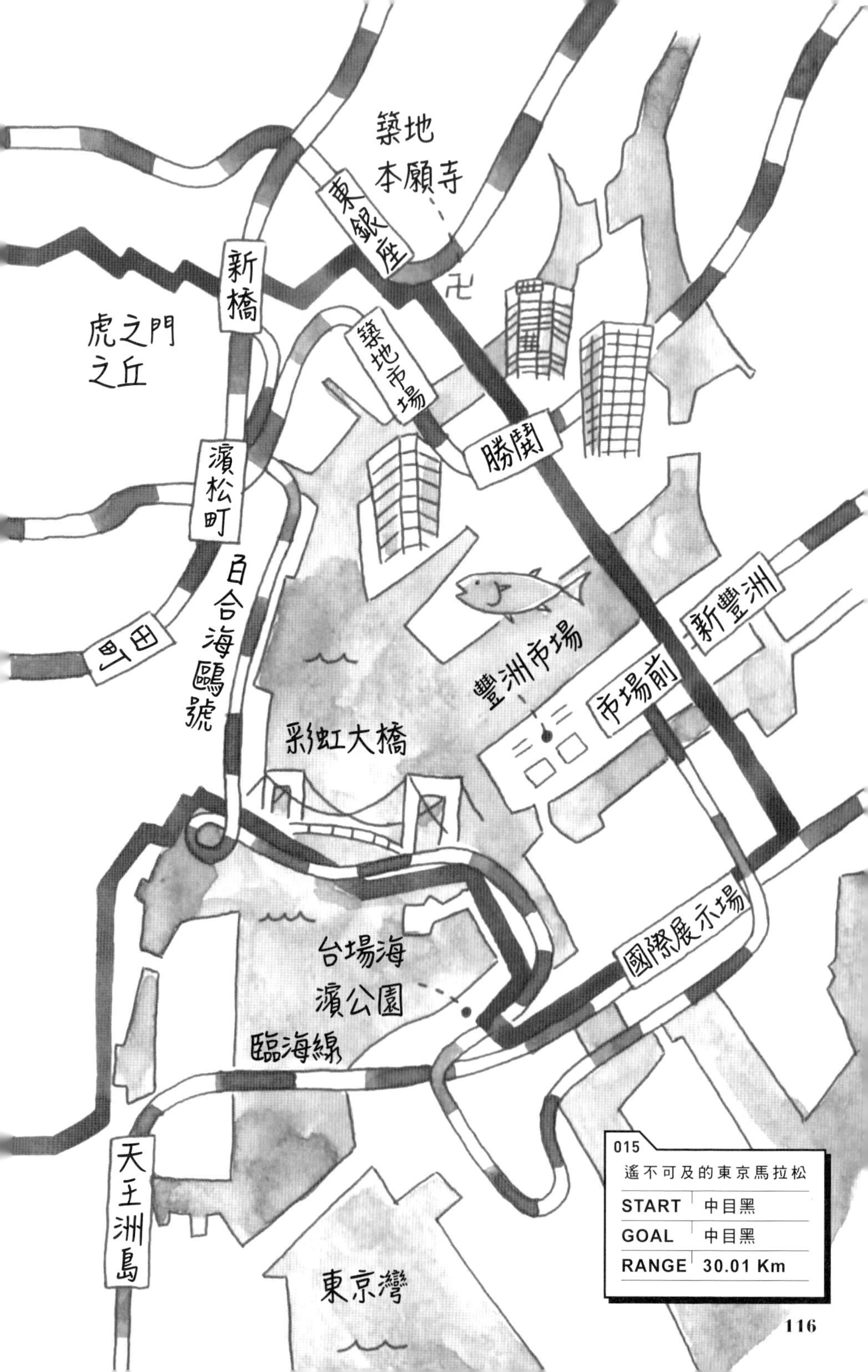
築地
本願寺
東銀座
新橋
虎之門
之丘
築地市場
勝鬨
濱松町
百合海鷗號
田町
新豐洲
豐洲市場
市場前
彩虹大橋
台場海
濱公園
國際展示場
臨海線
天王洲島
東京灣
015
遙不可及的東京馬拉松
START 中目黑
GOAL 中目黑
RANGE 30.01 Km

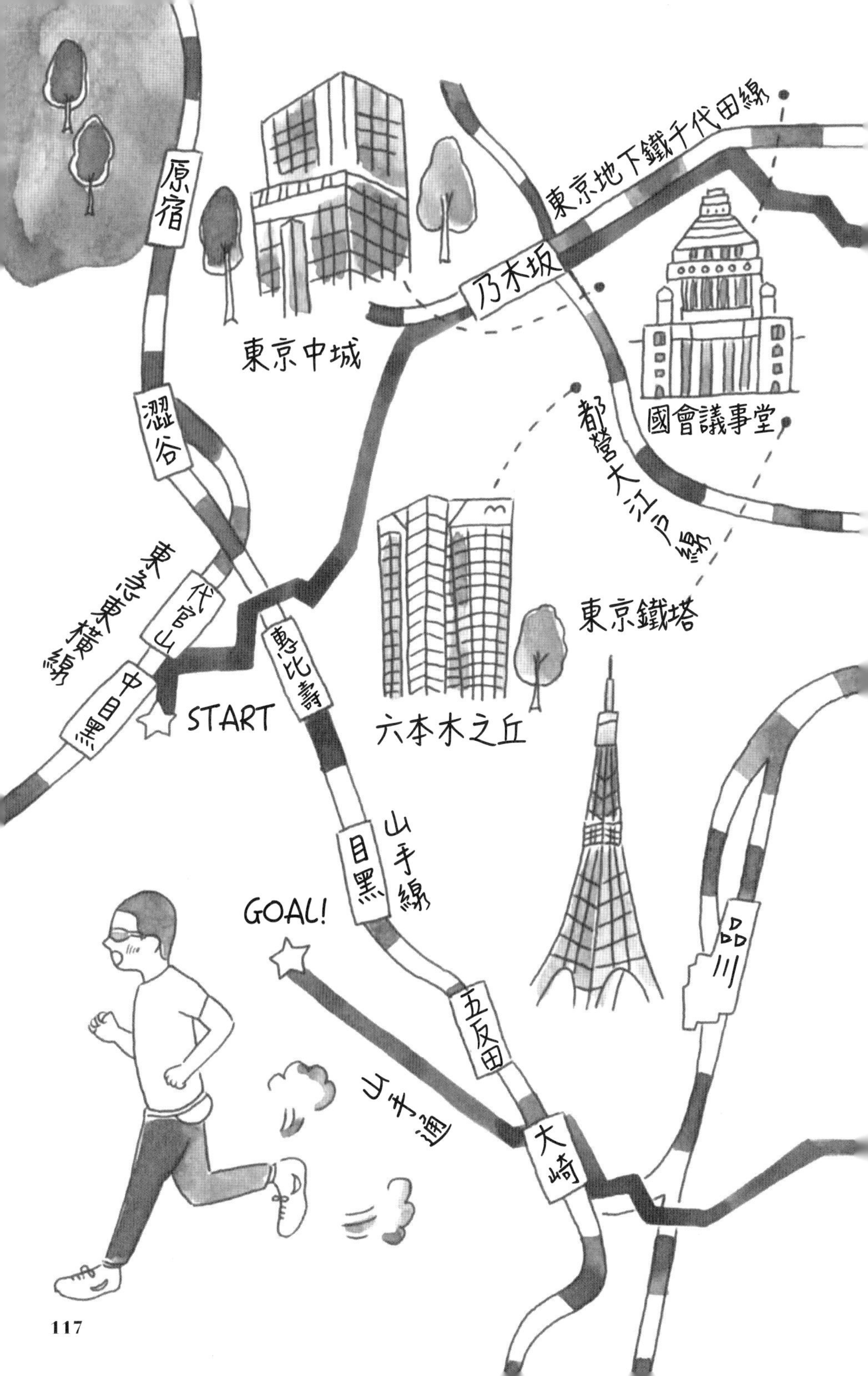
原宿
澀谷
東京中城
乃木坂
東京地下鐵千代田線
國會議事堂
都營大江戶線
東京鐵塔
東急東橫線
代官山
中目黑
START
惠比壽
六本木之丘
山手線
目黑
GOAL!
五反田
山手通
大崎
品川

016
莫名其妙跑完了全馬

不知道是我每個月去神宮球場看三次球賽的關係，還是因為九月下旬，為了做好隨時被球探挖掘的準備，我經常在神宮球場附近跑步的關係，總之那年，養樂多燕子隊拿下了睽違十四年的年度冠軍。不不不不，不用謝我了。

好的，根據過去的經驗，在突破三十公里時做了確認，如果我想維持某種程度的配速，頂多只能跑二十五公里左右，超過這個距離速度就會忽然降下來，雙腿開始僵硬得像兩根棍子，有時還會顫抖。

反過來說，二十五公里是最能讓我擁有充實感的距離。除了過去嘗試的各種路線，我又開發出一條從來沒跑過的路線。沿山手通一路往北，跑到池袋後折返，再改成沿明治通一路往南。這麼跑下來的距離是二十六點四一公里，花費兩小時二十分四十一秒，每公里配速為五分十九秒。

從池袋跑回來後，一封通知終於寄到我手邊。

「本次非常感謝您申請橫濱馬拉松二〇一六一般參加名額。由於申請者眾多，經過嚴格公正的抽籤，特此通知您獲得參加權。」

這麼快就報東京馬拉松落選的一箭之仇了！等著我吧橫濱！口糧允許帶到什麼程度呢（以下重複上次我杞人憂天的部分）？

問題是，這下可就不能悠哉地說什麼二十五公里是最適合我跑步的距離了。大冬天裡跑步一定不好受，得趁這陣子把距離增加到四十二點一九五公里這個前所未至的境界才行。從天王洲出發，第一次踏上沒有半個人也看不到半點東西的寂寞海岸線，一邊跑著，一邊思考這件事，重新鼓舞自己。

那段時間，我也同時做起一件大事，那就是撰寫這本散文。

在那之前，我連一次都沒想過自己會寫跟跑步有關的散文。就算曾經這麼想，一定也會立刻做出冷靜判斷，認為跑步散文的內容應該是專業跑者寫的有效訓練方法，或至少該由知名作家（像是村上春樹先生）來寫才有看頭。

然而，當腦中浮現「原本以為跑步的人都是笨蛋」這個書名時，瞬間我覺得啊、好像能寫出有趣的東西。於是馬上試著寫了起來，畢竟我是出版界的快手明星嘛。

對全程馬拉松的決心與寫散文的樂趣，獲得這兩樣東西的我，跑步人生過得愈來愈充實。才剛這麼一想，事態卻又急轉直下。

六月時已感覺肌肉有點緊繃，十一月八日，一年八個月來始終沒有復發的自律神經失調終於正式復發，症狀還比過去更嚴重。

不只如此，這次最恐怖的是，發作時會從左手指尖開始麻。我一陣驚悚，立刻拍了人生第一次的大腦斷層掃描。沒有異常。然而，隔天開始持續背部和腰部僵硬緊繃、暈眩、火燒心、畏寒、突然流汗等症狀。這次也驗了血，不出所料的，醫生診斷的結果依然一如往常「找不出特別問題」。

可是我身體確實不舒服。難受的症狀持續了一星期，好不容易以為好點了，三天後，在路上走到一半，上述症狀又捲土來襲。

因此，狀況稍微好一點的兩天後，我跑了四十二點一九五公里。

……啥？

不、我自己也很清楚，這文章寫得牛頭不對馬嘴。如果要以簡單易懂的方式說明，就會變成這樣。

「在橫濱馬拉松之前，以及天氣變得更冷之前，得先成功跑一次四十二點一九五公里」→「要能寫出有趣散文、提高跑步意願，又要有哏的話，最好在參賽前先跑一次全馬」→「自律神經失調什麼時候會復發很難說，狀態好一點的時候就要把握機會去跑」→「所以，我跑了四十二點一九五公里」。

姑且不論各位是否能接受，至少我自認採取了合理行動。

十一月十九日，決戰星期四。老實說，開始跑的時候，我並未打算跑完全馬。從中目黑出發，沿著熟悉的道路往惠比壽、青山墓地及赤坂，就在即將抵達皇居時，忽然湧現上面寫的那一連串心路歷程。

就這樣跑下去吧。不要想得太嚴重，能跑到哪就跑到哪。

先繞著皇居跑半圈，距離相當於十公里。接著首次嘗試從神田越過隅田川後跑向兩國。從地圖上看，就像以中目黑為起點，往右上方拉出一條四十五度角的斜線。過了兩國不久便右轉，我二十幾年前住過這一帶，就從當時常去喝酒的森下往深川跑，抄通往門前仲町的捷徑一路往南。接著從門前仲町往月島方向跑，跑到晴海再左轉，到這邊差不多二十公里。

渡過這陣子以來已經很熟的晴海大橋，穿越有明與彩虹大橋。從芝浦沿海岸道路跑向天王洲。這樣就三十公里了。和以前跑超過二十五公里時不同，或許因為特別有幹勁的關係，雙腿意外沒有那種快散掉的感覺。這時我第一次產生「說不定跑得了全馬」的念頭。

只是，若直接跑山手通回去的話，距離差不多只有六公里，不想辦法繞點路就達不到全馬的四十二點一九五公里了。根據過去經驗，就算把大井町到武藏小山這段路加上去都還差一點。這麼一來，雖然必須嘗試沒跑過的路線，不如改成直接從大森一帶穿過住宅區，在馬込附近接上環狀七號線繼續往北就行了。

這個判斷一半對一半錯。因為我對大森車站周圍的路不熟，找不到穿過住宅區的路，結果一直跑到東海道本線與環狀七號線的交叉口才接上環七。其實也沒關係，只要把終點設定在回到中目黑之前的地點就行了，我不以為意繼續前進。

話說回來，為什麼明明跑超過了三十公里（配速當然是有變慢），雙腿卻沒有那種面臨極限的感覺呢。好強喔我。是說，還有幾公里啊？確認一下GPS好了。啊、已經跑四十公里了嘛！只差兩公里了嘛！

不知是否不該在這時查看手機APP，還是不該這麼想，一過洗足十字路口，雙腿忽然停止動作。感覺就像瞬間沒電，又像引擎熄火。我沒開過車，不知道這樣比喻正不正確就是了。

不只如此，一看時間，三小時五十七分，多麼微妙的時數。現在卯起來衝刺的話，或許能在四小時內跑完全馬（而且是在有紅綠燈有行人也有汽車通行的馬路上）。然而，我已經連拖著腳步走路的力氣都沒有。

解開腰包，把iPhone拿在手上，擠出吃奶力氣盡可能往前走。無情的時間不等人，四小時瞬間超過。不過，比起時間，現在更重要的是距離。我盯著APP上顯示距離的數字，那數字彷彿永遠停留在四二點一九。好不容易，數字終於跳動了。

四二點零二公里。四小時兩分二十三秒。每公里五分三十三秒的配速。

一個原本連一百公尺都跑不了的大叔，在那一年八個月後，終於完整跑完一場全馬的距離。

RUNNING LOG 2015年11月19日 42.2km

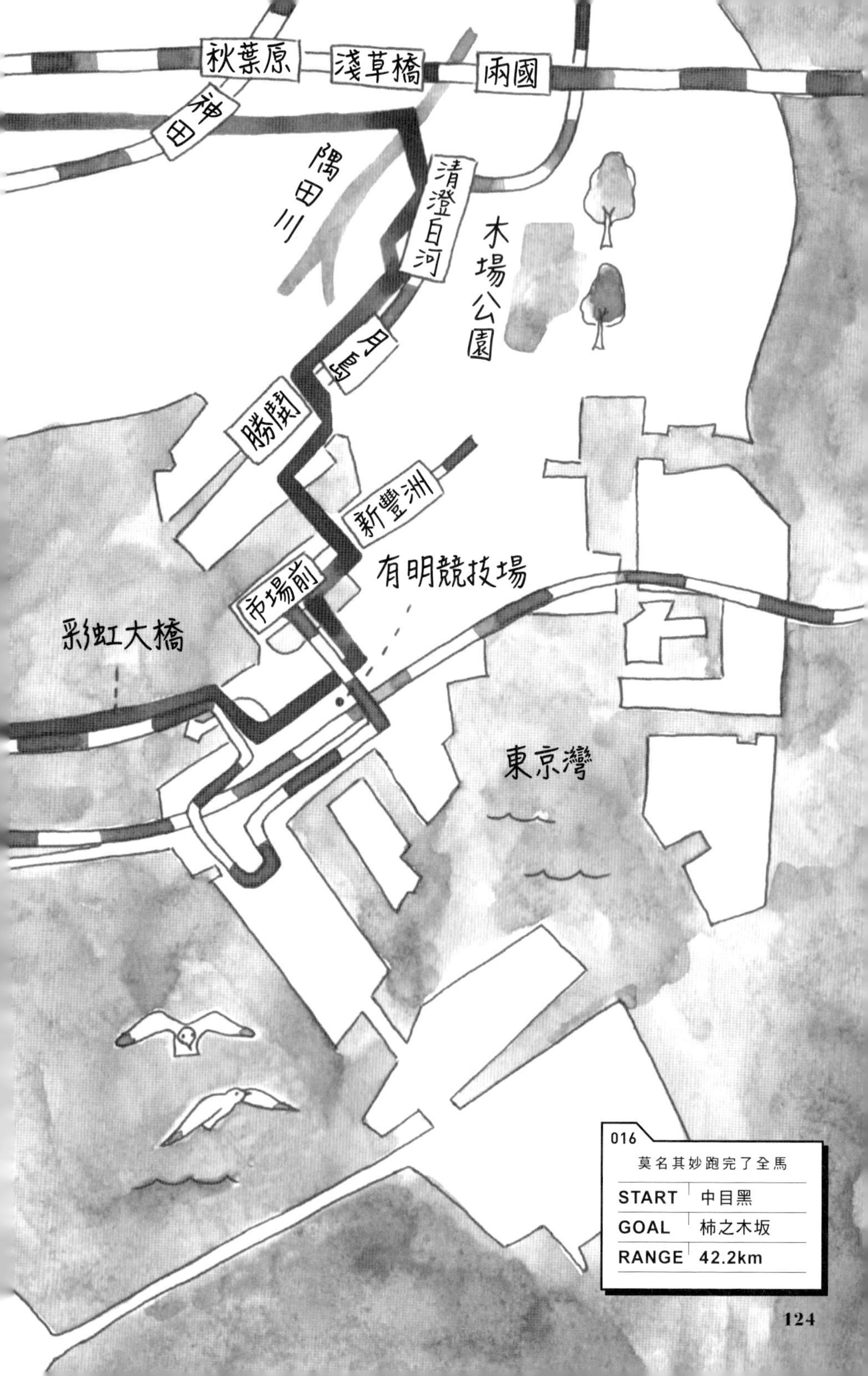

016

莫名其妙跑完了全馬

START	中目黑
GOAL	柿之木坂
RANGE	42.2km

皇居
原宿
國會議事堂
神宮外苑
明治神宮
澀谷
青山學院大學
東京中城
東京鐵塔
東京
百合海鷗號
東急東橫線
中目黑
START
惠比壽
品川
五反田
大崎
天王洲島
GOAL!
大岡山
大森
大井賽馬場

017

漫長的休養

上一回，因為想讓結尾停在跑完全馬的感動中，故意沒寫後面發生了什麼事。

順利跑完四十二點一九五公里的成就感當然是很強烈，但是實際上，我很快就無法繼續沉浸在這喜悅中。拜大森車站附近目測失誤之賜，達成四十二點一九五公里的地點，落在環狀七號線與目黑通柿之木坂交叉點前不遠處，一個離中目黑說遠不遠，說近不近的地點。更慘的是，這裡離電車站很遠，又沒有回中目黑的公車可搭。

已經跑不動了。沒力氣了。不只如此，雖說出發時的中午十二點還很暖和，十一月的下午四點，在沒有跑步的狀態下只穿單薄的運動服，這就冷得教人難以忍受了。

所以最後我搭計程車回家。一個跑完全馬的男人，竟然搭計程車回家。只能慶幸我西

瓜卡加值有加好加滿。不、不是這個問題。看著車窗外流過的目黑通景色，「搞砸了」的感覺逐漸侵蝕成就感，淪為一種難以言喻的心情。

不不不，我可是達成豐功偉業的人啊。如此給自己打氣，試圖提振心情。回到家就趕快來寫跑步散文吧。咦、在橫濱馬拉松前先跑了全馬，那這篇散文，不就無法成為感動人心的鉅作了嗎……

怎樣都無法好好收尾。

無法好好收尾之餘，當我之後恢復正常跑步行程，跑到四谷四丁目附近時——「啪嘰」，左小腿閃過一陣痛楚。感覺像微抽筋。咦？這麼久沒受傷，該不會受傷了吧。這麼想著，切換為步行。如果疼痛只是暫時的話，觀察一下狀況，說不定過一會兒又能跑了。

可惜事與願違，小腿愈來愈痛，到最後還「啪嘰啪嘰啪嘰」地抽搐起來。

雖然不知道和受傷的事有什麼關係，後來，我的自律神經失調復發，出現火燒心和背部及腰部肌肉緊繃的症狀。順便一提，更不知道和受傷有什麼關係的是，我得了謎樣的重度牙齦炎。還有，隱約覺得應該跟受傷有關係，只是我不太想承認的是……半夜尿床。別說一身本領了，我根本是一身病痛。即將屆滿四十七歲的現在，總覺得對身體有害的東西一口氣爆發了。

好，用跑步趕跑這些不適吧！腳痛有所收斂的十二月一日，我沿著目黑川跑起來，就當作復健。可是，才跑不到一公里就「啪嘰啪嘰啪嘰——！」這次比上次痛得更厲害。

就算已經進步到能跑四十二公里，明知受傷還偏偏要去跑步，判斷能力過低又缺乏忍耐力的毛病，和開始跑步時一點也沒兩樣。應該說我根本毫無長進。

就這樣，左小腿的疼痛整整一個月都沒有好。休息三天好像不痛了，心想差不多可以去跑了吧，沒想到睡夢中同個地方抽筋，結果愈來愈惡化。

再怎麼想跑步也不能跑。對於現在已經擁有全馬經驗，快要看見瀨古利彥[1]背影的我，不能跑步累積了相當大的壓力。然而，我能做的也只有休息。

木村拓哉對沮喪的我說：「就當這是上天給你的假期吧？」隱約記得他在《長假》裡用這種語氣說了這句話，不確定就是了。

順帶一提，和前面這一段一模一樣的內容，曾經出現在我以前的作品中，有哪個瘋子要去找找看嗎（誰要幫你業配啊）。在這之前，對瀨古利彥那段毫無說明就帶過了，真是非常抱歉。

在這段無法跑步的日子裡，出生於天皇誕生日的我迎來了四十七歲生日。隔天雖然是耶誕夜，原本沒有一天不喝的酒，只有這天一滴都沒喝。這是因為，再隔一天我就要去照

「耶誕胃鏡」了。

對了，關於我自律神經失調以及其他症狀，最後的檢查結果是「逆流性食道炎」惹的禍，不過這事和主題無關，我就直接帶過了。當然，如果有人要說「這本散文的內容幾乎都和主題無關吧」或硬要追究「這本書的主題到底是什麼」，請恕我拒絕回答。

話說回來，這不能跑步的一個月，要說我什麼都沒做的話，倒也並非如此。儘管不是為了打發時間，我也開始做起仰臥起坐和伏地挺身。和開始跑步時一樣，一切都要歸功於我容易迷上什麼的個性，拜此之賜，儘管僅只是拉開一點點的高低差，這把劇烈老化又體質虛弱的老骨頭，竟然每天也能做上幾十次的仰臥起坐和伏地挺身了。

手肘開刀後，好一段時間不能投球，想著「就算不能投球，至少可以鍛鍊下半身肌肉」，於是繞著巨人球場一股腦地跑。在桑田持續的練跑下，外野的草皮禿了一圈，從此人稱「桑田之路」。

忽然從我的故事變成桑田真澄[2]的軼事了。不過，心情上我是希望各位把我想成桑田佳話的反面教材啦。

照完胃鏡的兩天後，換句話說，就是小腿在四谷受傷的正好一個月後，十二月二十七日，我久違地穿上運動衣。

小腿還有點腫脹，應該說有硬塊。本來應該等不對勁的感覺完全消失後再去跑步才對。至今已經犯下好幾次這種錯誤，因為心急而去跑，結果落得悽慘下場。可是，我實在無法再忍了。

一再叮嚀自己「總之一定要慢慢跑」、「只要有一點不適馬上停止」，這才出門跑步。

為了讓自己隨時都能回得了家，出了中目黑後，我選擇踏上跑步初期最熟悉的蛇崩綠道。身體比想像中輕盈，感覺不出中間這麼久沒跑步的空窗期。配速也很快回到過去的每公里五分鐘，時速大約十二公里，小腿一點也不疼。這幾乎遺忘的舒暢，久違的爽快感。

即使如此，我還是要求自己不要勉強，每跑一點五公里左右就停下來一次，做點簡單拉筋後再繼續跑。穿過世田谷公園旁跑到三宿，心想應該還能再跑一下沒問題，就朝淡島通與松見坂交叉口跑去。

跑到這裡差不多有五公里多一點吧。對上個月之前的我來說，這種距離簡直不能塞牙縫。不過，現在的我已經睽違一個月沒跑步了，小腿還抱著個不定時炸彈。就這樣跑著跑著，來到舊山手通前。

要是從這裡往右，只要再跑一點五公里就能回到中目黑。以復健跑法來說，當然應該不要逞強，循這條路線回去才對。可是，只要往左出了富之谷，無論原宿還是神宮或青山墓地，想去哪都能去。短短一個月沒跑步，我竟然這麼懷念這些地方與這些過去跑慣的路線。

不過最後，我還是在舊山手通上右轉回家了。即使內心仍有按捺不住繼續跑的年少輕狂衝動，畢竟我已四十七歲，這點自制力還是有的。

總距離六點五三公里，時間三十五分二十秒，每公里配速五分二十四秒。

以這個成績，結束了我睽違一個月的復活之跑。

跪在本壘板上，「終於回來了。今後也請多多指教」，重回球場時，向棒球之神如此致意。

致意的人是桑田真澄不是我。不過，那天晚上，我一個人對跑步之神致意，獨自舉杯慶祝，並且喝多了。

啊、胃好痛。

1 瀨古利彥是日本知名馬拉松選手及教練，曾代表日本參加過一九八四、八八年夏季奧運馬拉松競賽。

2 桑田真澄是曾效力於日本職棒讀賣巨人隊的投手、教練。

RUNNING LOG 2015年12月27日 6.53km

018

不行，絕對不行

明知可能受傷還是忍不住去跑。我在某網站找到精準描述這種狀態的文章，省略其中幾個單字，在不追加其他單字的情形下向各位介紹。

「最可怕的特徵，就是一再反覆的『依存』特性。重蹈覆轍的人為的不是『獲得快感』，而是想從無止盡的疲憊感、焦慮感與不安中逃開。換句話說，為了『消除不安』而不得不依存，到最後就不能沒有它了。」

以上文章引用自「不行，絕對不行」網站。可是，我愈讀愈覺得把「毒品」換成「跑步」也很通順。這麼想的人該不會只有我吧。

「『會瘦喔』、『能帶來自信』、『擁有充實感』、『整個人都神清氣爽了』、『有

提振精神的作用』……在這些花言巧語誘惑下，不知不覺中朝危險的跑步伸出手，這樣的例子也不少。玩伴、以前的同學、職場同事等等，受到平時信任的對象煽動，不知不覺染上跑步惡習的人也隨處可見。」

好恐怖。還有，把「濫用藥物的弊端」換成「跑步的弊端」也能通順無礙地讀下去，這才恐怖。

「強制性／明明有想戒掉跑步的心卻無法如願，依然頻繁跑步。戒斷症狀／以激烈方式中斷跑步時產生的身心症狀。探尋行為／為了隨時保有跑步，到處想辦法獲得跑步的行為。身體障礙／在跑步的作用下，直接造成身體各臟器出現副作用的障礙。精神障礙／在跑步的作用下，直接造成大腦出現副作用的障礙或成癮性心理障礙。」

前一回我不就寫到自己在跑步的作用下直接產生左小腿疼痛的身體障礙，又因為以激烈方式中斷跑步而引起戒斷症狀，明明有想休息的心卻無法如願，在成癮性的心理障礙下，無論如何都非出門跑步不可嗎。

這麼一個「跑步成癮」的我，終於結束漫長的身體不適，過完年後重啟跑步人生。

每隔兩天跑一次，每次大概跑十五到二十公里，平均配速也保持在五分鐘上下。

這對我來說已經成為「普通」，無法再戲劇性地延長距離或縮短配速了。這麼一來，就算不「用地圖測量距離」，大部分路線都能順利跑完。換句話說，這本散文已經陷入老狗變不出新把戲的狀況了。

雖然沒有值得拿來當哏的事件，自己實際在跑步時，多少還是想來點新鮮感，因此也嘗試了幾條過去沒跑過的新路線。

有一次，我為了開發新路線，上網盯著東京地圖發呆時，忽然心生一念。往海邊去如何呢？跑到羽田太遠了，但品川埠頭或彩虹大橋又已經是常去跑的地方。啊、不過兩者之間的大井埠頭不就還沒去過嗎！

那天，途經洗足及大井町，我朝大井賽馬場的方向前進。如果是這附近，過去我常跑到第一京濱或海岸通一帶，但這還是第一次繼續往前。前進之後，道路一口氣變寬，人一口氣變少，進入巨大的倉庫區，出現橫過鐵路的長橋。

啊、是黃醫生！雖然我不是鐵道宅，至少也聽過「看到黃醫生就會幸福」的都市傳說。黃醫生那鮮黃色的新幹線車身，不正理所當然似的停在那裡嗎。

跑步的時候，除了等紅綠燈或進便利商店補充水分外不會停下來的我，姑且還是停下腳步拍了照。

如果兒子還是喜歡電車的三歲小童，回家拿照片給他看一定會很高興。可惜的是，他已經上高中了。所以，各位家有小男孩的爸爸，從「大井南」前往「港丘埠頭公園」時，不妨走在橋的右側，這樣就能遇到黃醫生了喔。當然，這可能只是碰巧，不保證一定會遇見。

因為目光都被黃醫生吸引，一時之間沒有注意到，跑在「港丘埠頭公園」附近的我，簡直就像個跑錯場子的傢伙。

這是平日的下午三點。四下沒有任何路人，只有正在卸下貨櫃的巨大卡車，以非常驚人的數量和非常驚人的氣勢交錯駛過。完全是電影《大車隊》（Convoy; 1978）的世界。不、這裡的卡車數量或許比電影裡更多（跟我同年的《Tarzan》雜誌總編提醒我「這個比喻太過時了啦！」大概只有五十歲左右的讀者能想像那個畫面）。

明明就有號誌燈也有行人專用斑馬線，為何我會從中間跑過去呢，滿心都是歉疚。若說我是附近倉庫工作的人也就罷了，我卻是個從太陽眼鏡到防風夾克到毛巾到跑鞋全都橘色的初老中年跑者。

換作我是卡車司機，肯定會想「幹嘛在這邊跑啊，大叔！」

抱歉抱歉，我馬上就跑開。儘管這麼想，大井埠頭就是不讓人輕易辦到這件事。畢竟佔地實在太廣了。就算朝天王洲方向跑，距離也差不多有五公里。話說回來，我不只近視老花，還有很嚴重的夜盲症，一到晚上連五公尺開外的人臉都看不清楚。所以，平常一過傍晚就不能出外跑步了。要是晚上來這種地方跑，發生什麼事失蹤的話，一時之間大概不會被發現。

要是那種時候有卡車軍團在反而放心。不然，晚上在這種地方被凶神惡煞的兄弟們纏上的話，別說逃命了，連呼救的對象都沒有。啊、會不會有不成體統的年輕人在這種地方搞車震呢。不、要是親眼目擊那個現場，對方才真的有可能喊著「臭老頭！你這王八蛋偷看什麼！」下車把我暴打一頓。

晚上不能來這裡。不行，絕對不行。

幸好是白天，有《大車隊》在真是太好了。

事實上，這裡平常一定沒有人會經過吧。把巨大卡車停在號誌燈中間休息的司機大哥看到繞開車身跑步的我，露出「不好意思」的表情。不、不好意思的人是我。滿身大汗擅自闖入各位的領域跑步真的非常抱歉。

二十六點二三公里。兩小時十八分五十六秒。配速五分十七秒。

那麼，就在我跑到大井埠頭的三天後，二月二十八日，正是東京馬拉松舉行的日子。那竟敢寄落選通知給我，可恨的東京馬拉松。

同時，那天也是我每隔兩天一次跑步的日子。好幾萬人在東京都心跑步的關係，不管是朝新宿還是朝彩虹大橋方向跑，一定都會遇到交通管制，沒辦法跑。真教人不甘心。咦？說不定有很多跟我一樣不甘心的人，當天會沿著東京馬拉松的路線跟在路旁一起跑？不過那樣很擋路吧，一定馬上會被罵。一邊思考這些多餘的事，心想如果在世田谷跑就沒問題了吧？於是朝多摩川跑去，獨自舉行了屬於我一個人的寂寞東京馬拉松。

為了避免再次跑到拉傷，一次調整的距離不能太長，分批慢慢調整吧。沒錯，雖然沒抽中東京馬拉松，再過兩星期，我終於將挑戰第一次的馬拉松大賽。還有橫濱馬拉松在等著我呢。

1 黃醫生（Doctor Yellow）正式名稱為「新幹線電氣軌道綜合試驗車」，是日本東海旅客鐵道及西日本旅客鐵道使用的檢測用列車。

RUNNING LOG 2016年2月25日 26.23km

019

橫濱馬拉松我來了

上次寫到要在全馬前用分批方式慢慢縮短調整的距離，那之後我馬上跑了一條跨越彩虹大橋再從有明跑過築地的二十六點七公里路線。輕易推翻原先做出的決定，這就是我。

然而，世上沒有比自己的配速更難捉摸的東西。跟之前比起來，自認已經用相同配速在跑了，實際檢查每五公里的測速結果，前二十公里還維持在每公里五分鐘，之後就都降到五分半了。

一般來說，這可以解釋為跑累了速度變慢，但是一星期前在大井埠頭跑的那次和這次距離幾乎相同，前十公里每公里配速五分鐘，十到二十公里這段區間變成五分半，二十公里過後又加快配速變成每公里五分鐘。

最重要的是，兩次我自己都感覺不出配速的差別。即將參加全馬大賽了，這樣真的可以嗎？

像我這樣的人應該不少吧。在我認識的人當中，也有人使用跑步APP搭配耳機，一邊聽APP顯示的時間與公里數，一邊維持一定速度跑步。以我的狀況來說，除了基本上很討厭耳機外，塞住耳朵跑步肯定會出意外，所以不能使用這個方法。應該說，就算用了這個方法，我也不認為自己會照APP顯示的結果跑。

算了，高興怎麼跑就怎麼跑吧。於是，我做出令前述五段討論瞬間失去意義的結論。

橫濱馬拉松前的最後三次跑步，我都按照預定計畫控制在十公里左右。不料，就在大賽一星期前，意想不到的災難落到我頭上。

咦？腳又拉傷了嗎？還是之前的自律神經失調又復發了？哎呀，好擔心喔，我來幫你想想辦法吧。雖說我正熱情招募有以上想法的女性粉絲，事實上遇到的麻煩卻是「花粉症」。

四十七歲才得花粉症，身為花粉症患者，這正式出道的時機未免來得太遲。更別說竟然在這最不能出事的時期發病，鼻水流個不停，我只想大喊「不會吧！」可是，迅速買回抗組織胺「艾來錠」和各式各樣打擊花粉症的藥吃下去後，好像也沒太大問題了。沒想到我這人這麼單純。

就這樣來到三月十一日，橫濱馬拉松兩天前，我來到當天舉行大賽的會場 Pacifico 橫濱（橫濱國際平和會議場）。這兩天將在這裡舉行事前報到，並將號碼布交給跑者。

我想不管是誰，一開始一定以為「當天早上報到，等到十點直接開跑」吧？我也一直這麼認為。

事實上，這類大賽似乎都從前一天或前兩天開始辦理報到。或許有人會說我想太多，但若站在當地政府的角度，參加這類大型活動的跑者和觀眾花了多少錢在當地觀光消費，花了多少錢在當地住宿或購物，這些才是舉辦活動最大的價值所在。

這麼說來，住在中目黑，既不用住飯店也不上餐廳吃飯，只要搭上東橫線，無須轉乘，三十分鐘就到會場的我，只能感謝橫濱馬拉松惠賜參賽機會了。要是抱怨事前還得跑一趟來報到這種小事，一定會遭天譴。

星期五下午五點三十分，人潮不斷從港未來站湧入 Pacifico 橫濱。兩天後將有超過兩萬人在此跑步，想想也是理所當然的事。我交出寄到家裡的申請書，提供駕照確認身分後，接過附有 GPS 的號碼布和一個到時用來裝自己行李的大塑膠袋、一份和當選通知內容幾乎相同的手冊以及紀念品T恤，報到手續一轉眼就完成了。

看吧，這點程度的小事，就算當天再進行也不會引起混亂……忍住這麼嘟噥的衝動，按照通道上的指示走，最後走到一個佔地更廣的空間。

裡面有展示橫濱馬拉松解說板的攤位，還有其他比這大好幾倍的攤位林立。包括銷售跑步相關商品的店家、運動飲料攤位，甚至是販售橫濱一帶到日本各地名產的攤位。有的攤位正在舉行馬拉松講座，有的攤位在進行拉筋教學活動，不知為何，其中還有試乘電動二輪平衡車 Segway 的攤位。

不只如此，每家廠商、每個地方政府都卯足了勁，在攤位上介紹的，盡是長相可愛的小妞。

可惡，真不該在報到後跟人相約喝酒。早知道就多留一點時間慢慢逛。我的目標究竟是攤位還是小妞，不用說大家應該都知道。

懷著依依不捨的心情搭上電車回東京。心想明天就是馬拉松大賽的前一天了，不能喝太多酒，便趁這天喝了個痛快。隔天果然一如所料嚴重宿醉，動彈不得，還拉了一整天的肚子。到現在還不懂「有所節制」的四十七歲大叔就是我。

為了大賽當天能夠順利早起，隔天晚上九點就寢。不知是多年來過著夜行性生活的關係，還是下個月滿二十歲的老貓不分晝夜亂喵喵叫（都不知道牠到底是硬朗還是老年癡呆了）的關係，又或者是自己對參加正式大賽的緊張使然，竟然在半夜一點這不上不下的時間醒來。

無奈之餘，只好上網看氣象預報。這天上午橫濱的氣溫大概攝氏五到十度。好像會很冷，這麼說來，防風夾克穿到最後都不用脫了。如此一想，拿出原本打算到會場再決定要別在T恤上還是別在防風夾克上的號碼布，拿起安全別針別在夾克上。

順帶一提，這天全身的穿搭包括用來防寒兼止汗的白帽子、一如往常的橘黑配色太陽眼鏡，脖子上是橘色的巨人隊毛巾（球迷在東京巨蛋裡揮舞的那個），橘色長袖T恤，外面罩的不是平時穿的橘色防風夾克，而是剛開始跑步時那件普通黑色防風夾克，下半身是黑色緊身褲外搭灰色七分褲，黑色襪子配橘色跑鞋，戴上橘色手套。

基本上，還是一如往常的巨人隊鈴木尚廣風。

把號碼布別上防風夾克時，目光落在號碼上。我的號碼是「D21879」。

多麼的（D2）、不願意（18）、哭了（79）。

到底在幹嘛啊我。現在是玩諧音哏的時候嗎?得快點睡了，身體沒有好好休息怎麼行。

兩點半左右，即使毫無睏意仍躺下來，不知何時睏了，回過神時，已經隔著耳塞聽到

iPhone 鬧鈴的聲音。

時間是早上五點。我再次起身，用每天必喝的五百毫升保特瓶裝水配葛根湯喝下去，吃一個昨天先買起來放的飯糰，整理行囊，刷過牙簡單淋浴，剃毛（※請參考第五回內容），提起包包，早上六點走出家門。

從中目黑車站到離 Pacifico 橫濱最近的港未來車站，搭東橫線只要一班車就到。

車內非常擁擠。明明是星期天早晨，怎麼會這樣。不用說，原因當然出在車廂裡那些穿運動衣的人身上。簡單來說，這些都是要去跑橫濱馬拉松的參賽者。對其他正常出勤，平時可以悠哉搭車的乘客來說，這群人一定很礙事吧。這麼想著，港未來站到了。

來吧，橫濱馬拉松正式大賽，名符其實已在眼前。

RUNNING LOG 2016年3月2日 26.70km

020 追風橫濱

回過神時，才發現自己一直在哼小林旭的〈用過去的花名走跳〉。說到橫濱就該唱這首歌吧。要不然就是〈伊勢佐木町藍調〉了。以我的年紀來說，這些都已是夠老的懷舊金曲。

從橫濱港未來站到 Pacifico 橫濱，這段路上已不見昨天那些可愛小妞的攤位，全都改成了馬拉松跑者用的行李寄放處。以前我就一直好奇，馬拉松大賽時大家的行李都放哪。原來大多數會場都會在報到時發給跑者一個大塑膠袋，把東西放在裡面再寄放就好。

腰包裡放手機、面紙和以備萬一的ＯＫ繃，防風夾克口袋裡則放小毛巾，不管天氣冷或花粉症流鼻水都用得到。另外再放兩小包中途補給用的胺基酸顆粒。吞下胺基酸果凍

配香蕉運動食品，將背包和連帽衫放進大塑膠袋，交給報到處的工作人員，這就完成準備了。

不只搭來的東橫線電車很擁擠，會場少數幾處廁所前也是大排長龍。明明是男廁還這麼多人，排個四十五分鐘就超時了呀。原本我還想大個便，只好斷念小便了事。設置在場外的簡易廁所一樣排了許多人，「這方面得更用心規劃才行」，我不由得站在主辦單位的立場這麼想。不、比起這個，明年再來跑這個場地時，要先在車站附近上好廁所。就這樣，我默默在內心儲備了一個關於橫濱馬拉松的小知識。

七點四十五分，經過好一段漫長的移動，終於抵達起跑地點。所有人被劃分成A到G組，我隸屬D組。嚴寒天氣中，沒想到站著等待也這麼難受，最重要的是，明明才剛上過，一下又想上廁所了。

其實大家好像都一樣，除了開跑前廁所大排長龍外，開跑後將近十公里內的簡易廁所也都排滿了人。尤其遇上寒冷天氣時更是如此。「這點也得多用心規劃才行啊」。不知為何，我又站在主辦單位角度這麼想。

橫濱馬拉松的起跑時間是八點半。起跑地點還在遙遠的前方，遠得看不見。而且，因為還得右轉一次才能抵達起跑地點，我只聽得見擴音器傳出東京與橫濱首長致詞的聲音，完全看不到他們的人。聽說看得到女明星剛力彩芽的地方就是起跑點，我當然也沒看見她。

是說，都已經聽見宣佈起跑的聲音和歡呼聲，我們D組這一區仍然動彈不得。

幾分鐘後，好不容易隊伍才緩緩向前移動，走了好久終於右轉。右轉之後繼續往前的這段路，比右轉前那段還要長得多，怎麼走也看不到起跑地點。擴音器中不斷傳來「看到剛力彩芽小姐才是起跑點！看到她時請不要忘記按下碼表！」的廣播，但我根本不知道剛力彩芽在哪啊！

啊、那個應該就是了吧？這麼想時，距離起跑時間早就過了十多分鐘。十五分鐘過後，我終於看到那個以為是剛力彩芽的人，結果根本不是她，是橫濱的女市長啦。可別瞧不起我這雙又有近視又有老花又有夜盲症的眼睛喔。什麼？沒人在管我眼睛怎樣是嗎。

這樣那樣的，終於經過剛力彩芽面前時，已是宣佈起跑的十七分四十五秒後。喔喔，那個就是剛力彩芽啊。不對，現在不是悠哉欣賞女明星的時候。我人生的第一場馬拉松大賽，現在即將展開了呀。是說，其實我只是想喊一下剛力彩芽而已吧。

總而言之，我就這樣跑了起來。喔喔，就是這種感覺嗎。有一種莫名的激昂感。跑道是個特殊的地方，能享受在馬路上大大方方跑步的奇妙感覺。秉持相同目的，跑在相同道路上的人們，帶給我難以形容的緊張與喜悅。

不過緊張與喜悅都只有一下子，情緒很快就轉變為焦躁。

不管怎麼說，人真的太多了，導致我無法用平日的步調前進。就算想超車也找不到可以超車的地方，結果，為了保持自己的步調，得一下往左一下往右移動才行，就距離或體力來說都是無謂的浪費。事實上，有超過十公里都跑在這樣的壓力下。

跑著跑著，再次回到靠 Pacifico 橫濱這一側，港未來的大摩天輪就在右手邊。路線從紅磚倉庫往橫濱球場前進。

繞著在我心目中僅次神宮球場的橫濱球場跑一圈，再度回到橫濱灣這一側，經過山下公園、本牧埠頭，盡是些給人「正宗橫濱感」的地方。不過，說起來不好聽，這卻是個「陷阱」，這件事稍後再說吧。

十公里處有個供水站，看到寫著「鹽糖」的牌子，我停下腳步，接過幾顆鹽糖。

大賽前一天，我問馬拉松前輩：「過去自主練習時好幾次突然抽筋，明天想避免這種事發生，該如何是好？」前輩說：「抽筋的原因是礦物質和水分攝取不足，帶著鹽糖或防中暑藥劑就比較放心。」可是，大概因為正值冬季，附近便利商店或藥妝店都沒找到鹽糖，我雖然不安也只能放棄。原來主辦單位會在這種地方準備啊。我大感佩服，趕緊含了幾顆。

起跑後始終帶著尿意，但正如前面所說，沿途廁所大排長龍，我也只好忍著不去上，繼續往前跑。就這樣跑到十四公里左右的地點，雖然沒看到簡易廁所，卻看到寫著「廁所」的牌子，好像是設置在附近工廠裡的簡易廁所。那裡地點隱密，我猜很多人沒發現就經過了。進去一看，是JX金屬的工廠，設置在停車場旁的廁所果然如我所料，沒什麼人去上。

這也可當作明年跑橫濱馬的另一項備用情報。不過，工廠裡的人很和善，往廁所走去和上完走出來時，他們都笑著對我揮手，是上這個廁所時附帶的羞恥考驗。

過十公里後就一直沿著高速高路下的道路往前跑，老實說，放眼望去景色枯燥乏味，跑在陰涼的高架下也讓我覺得不太痛快。

差不多十六公里處，出現一個號碼布上寫的不是號碼，而是姓名的人。難道是什麼名人嗎？我超越那個人，然後回頭看他的臉。咦，這人我見過，他不是富士電視台的新聞主播嗎？

一分鐘後，我才發現神奈川縣知事黑岩祐治就跑在身邊，而我剛超越他了。

盤算著要把這件事寫進散文裡，一邊想著這種無謂的小事，一邊第一次在供水站補充了點 AQUARIUS 運動飲料。再次跑進昏暗的首都高速道路下，沒完沒了似的往前跑，終於抵達二十公里折返點「橫濱南部市場」。

不愧是折返點，沿途聲援的人也多，供水站相當大，品項很豐富。前方的英式管樂隊熱鬧演奏中。

……「魚魚魚！」欸？是魚君？（待續）

RUNNING LOG 2016年3月13日 20.00km

021

橫濱・黃昏

雖然寫了「待續」，其實也沒什麼好吊人胃口的，站在折返點英式管樂隊中吹奏薩克斯風的人，正是魚君先生（以下簡稱「魚先生」）。

魚～先生！一如各位所知，魚先生真是一位型男，我都有點暈頭了，趕緊吃兩根香蕉，配水吞下自己帶的胺基酸顆粒，再次往前跑。

原本都跑在下面，折返後變成在首都高速公路上面跑。我在這裡停下來，先拉筋一次。

讀到這邊，或許有人會想「竟然連詳細地點和做了什麼吃喝了什麼都記得，不愧是作家」。說到記憶力之差，就算跟同年代的人相比，我自認也是不會輸。其實我是一邊跑，

一邊不時用 iPhone 的「語音備忘錄」錄音。那個嘴裡碎唸「十公里處，鹽糖」、「十四公里處，廁所」、「十六公里處，知事」的大叔就是我。

容我在此多說一件無關的廢話，前天報到時我曾對攤位的上可愛小妞看傻眼，這天場內則有很多跳肚皮舞、森巴舞和大溪地舞蹈的性感啦啦隊，我那隱藏在太陽眼鏡底下的色瞇瞇視線當然不免投向她們。

不過，比起她們——這麼說雖然對性感啦啦隊小姐們很失禮——跑道旁隔著一定距離站立，看上去像義工的女孩們更是沒有一個不可愛。不是我要說，真的都是些可愛的女孩子。一路都抱著「跑完後真想加入她們慶功宴」念頭的事，就讓我在這裡處理掉吧。

上次寫到，開跑後一路從港未來、紅磚倉庫、橫濱球場、山下公園跑到本牧埠頭，怎麼看都是些充滿橫濱觀光氛圍的地區，還說了這是個「陷阱」。

最初的十公里過後，基本上一直跑在景色蕭條又曬不到太陽的首都高速公路下方，折返後則來到高速公路上。接下來的十多公里雖然沿路也設置了啦啦隊和供水站，不過這條路就只是交通管制下的首都高速公路，所以什麼都沒有，除了一路前進之外沒別的事做，眼前的風景幾乎毫無變化。

對盡力規劃橫濱馬拉松的各位相關人士非常抱歉，但我真的要說，這條路線，有夠無趣。從首都高速公路一直跑到本牧埠頭，然後從那裡下公路。既然如此，何不繼續往下跑到本牧埠頭前面的橫濱海灣大橋呢？那裡才是景色最棒的地方。

一邊提出這個質疑點，一邊發出讚嘆，啊、義工女孩們真可愛。

言歸正傳，折返上高速公路後，我跑步的狀況也開始變調。

不知原因是出在這寂寥無邊的首都高路線，還是該怪始終沒有超過攝氏十度的寒冷天氣，也說不定根本問題就出在我自己體力不足，不然就要歸咎於我一直偷看女生了。總之，原本順利的狀況忽然像騙人的一樣，配速整個慢了下來。

開始察覺異狀，是在剛過二十三公里處供水站的時候。喝了一點AQUARIUS，吃了一個紅豆麵包，雖然才剛拉筋伸展過，腿依然有點緊繃，所以就又伸展了一次。

一方面對配速變慢有所自覺，一方面告訴自己現在要撐下去才行，鼓舞精神繼續前進。

二十六公里前方的供水站，有一群橫濱水手隊足球學校的男孩在這邊當義工。我家兒子小時候也去上過橫濱水手隊的足球學校喔，那傢伙現在已經放棄踢足球了，希望你們能一直享受足球的樂趣。和看女生時的視線不同，這時的我可是好好露出了為人父的視線，一邊吃下一顆鹽糖。

跑到三十公里處時，又拉了一次筋。連自主練跑都沒有這麼頻繁停下來拉筋過。不妙啊。果然十一月後應該再跑一次全馬，讓身體適應這距離才對，我開始後悔了。

吞下第二包胺基酸顆粒，效用當然不會馬上發揮。在首都高上三十二公里處折返，往一般道路跑下去時又拉了一次筋，還是無法避免雙腿變得僵硬緊繃。

雖然這完全是遷怒，我對這段接在寂寥首都高之後的路線也很不爽。路線是一路筆直跑向本牧埠頭最前端突出的堤防，再從那裡折返。儘管必須承認這是我個人的擅自堅持，但我就是討厭在同一條路上折返。自己跑步的時候，回程一定會選擇不同路線。然而，現在是來回五公里都在同一條路上。都已經筋疲力盡了，映入眼簾的除了迎面而來的跑者之外什麼都沒有，我厭煩地想「這條路到底還要跑多久」。

在冷清的首都高與這段無趣的折返路線雙重打擊下，我的情緒愈來愈低落。腳也正式宣告不行。到了三十三公里處左右，我終於放棄跑步，開始用走的。唯有這點原本一心想避免，不管跑得多慢都希望能持續跑下去的啊。

離終點還有十公里，從這裡開始，我反覆重複「跑步、徒步、拉筋」，三者轉換的間隔愈來愈短，徒步的距離則不斷拉長。

用勉強稱得上跑步的速度跑了一下，實在騙不了自己了就改成徒步，好不容易前進到三十九公里處，回到山下公園這邊，沿途加油打氣的人也多了。「還差一點！」「還有三公里！」「加油！」「一定可以的！」耳邊傳來這些加油的聲音，覺橫濱市民真的好溫暖。以前我還說什麼「橫濱這地方就是裝模作樣」，真的很抱歉。欸？我以前是這麼想的喔。

謝謝橫濱的大家。明年我會選擇橫濱作為故鄉納稅的對象。啊？拿不到當地名產嗎。

那我不要了，不好意思。

「來吧！」對自己發出激勵的聲音。普通人這時腦中應該流過ZARD的〈別認輸〉才對吧，不知為何我腦中卻唱起了櫻田淳子的〈追風橫濱〉。剩下沒說出口的話，有人記得嗎？

啊啊，不行了。眼看只剩下三公里，我卻無法跑起來。再次切換為徒步。可是，我不再停下腳步了。

跑步。徒步。跑步。徒步。跑幾百公尺就換成用走的，走幾百公尺又換成跑步，就這麼不斷反覆。紅磚倉庫附近也有很多人對跑道揮手。我心懷感激地想揮回去時，正好聽見「由美～加油！」啊、不是對我揮手喔。

左邊已經看得見港未來的摩天輪。是啊，就快到了。這已經是最後一段路，走吧。我再次跑起來。

穿過港未來，在Pacifico 橫濱前右轉。終點及周圍鼓譟的人群映入眼簾。上吧，就是那裡了。

我通過寫著「FINISH」的終點出口。

成功了！在如此大喊前，我先陷入錯愕。因為螢光板上閃著時數「4：41：38」。

欸？也太慢了吧？我知道自己跑得不快，但這未免太慢了吧？

這次全馬初挑戰，我給自己設定的目標，是要少於十一月自主完成四十二點一九五公里時的時數，也就是「要在四小時內跑完」。雖說跑到一半就知道這個目標是不可能達成了，但這也未免太慢了吧……

啊、原來如此。這時，我發現了某個「機關」（待續）。

RUNNING LOG 2016年3月13日 42.195km

021

橫濱・黃昏

START	港未來大橋
GOAL	Pacifico橫濱
RANGE	42.195 Km

橫濱
STRAT
GOAL!
港未來
橫濱紅磚倉庫
神奈川縣廳
根岸線
看得見海港的丘公園
4580
磯子
新杉田

022 回想起來跑得還真遠

一樣是沒什麼好吊人胃口的「待續」，總之，我在跑完橫濱馬拉松，抵達終點時看到的「4：41：38」，是從官方起跑時間八點半開始算起的數字。以我的情形來說，因為隊伍耽擱了好一番時間才正式起跑，得把多花的時間減掉，才是正確的成績時數。

其實，號碼布背面附有一個「計測晶片」，大賽結束後會回收。只要有這個晶片，無論大賽中還是大賽後，用電腦輸入自己的號碼，每個人都能看到自己比賽時的配速變化。這件事，那時我還不知道。因為老花眼的關係，根本沒好好閱讀拿到的手冊。所以，我一直到回家後才得知自己真正的正式成績。這裡直接寫出數字，說明起來比較清楚。

結果，我的正式成績是這樣的：

距離四十二點一九五公里，時間四小時二十三分五十三秒，每公里配速六分二十五秒。

就算是這樣，也還是太慢了。上一次配速超過六分鐘，是大熱天裡在大太陽下跑的那次。而且那次之所以跑得這麼慢，是因為好幾次繞去便利商店買水。相較之下，這次單純就是慢。

終究是我不愛與人相爭的個性惹的禍嗎……

不、簡單來說，就只是「正式上場時拿不出實力」而已。

跑步APP果然出現誤差，顯示成績是「總距離四十四點一四公里，花費四小時二十五分三秒，每公里配速六分零秒」。不過，這裡可以看出每五公里的配速狀況，折返後速度變慢的事，以及上了首都高後老是停下來用走的狀態，都顯現在數字上了。

再看每公里配速，最初五公里保持在五分二十四秒，從這陣子我不到五分鐘的配速看來，應該是受到「開跑時人擠人狀態」的影響。接下來的十公里、十五公里及二十公里配速分別是四分五十八秒，五分三秒，四分四十六秒，和平常的速度差不多。

跑上首都高速公路前的二十五公里，平均配速是五分十九秒。稍嫌慢了點。跑到快下首都高的三十公里處時慢到六分十秒，下了首都高後開始跑跑走走，配速更是慢到七分十一秒，太慢了。

跑到四十公里處時的配速是七分五十四秒。這種速度，怎麼可能在四小時內跑完全馬。

穿過終點出口，接過贊助廠商送的AQUARIUS，交還計測晶片，收下紀念獎牌。獎牌比我想像中正式，重量還不輕。很佔行李啊……不、我是說會佔據回憶，該心懷感激地收下。

走回Pacifico橫濱時，聽見終點附近傳出歡呼聲。側耳傾聽發生了什麼事，聽見廣播說「黑岩知事以六十多歲跑者的身分，不到五小時就抵達終點了！」

好強喔，知事。六十一歲還能在五小時內跑完，才四十七歲卻跑了四個多小時的我算什麼。我有點沮喪，收下紀念毛巾，回大廳領自己放在那裡保管的行李。換下跑步時穿的運動衣和防風夾克，換上帶來的大會紀念T恤、連帽衫和另一件防風夾克。下半身維持原樣。

會場附近大概有什麼活動正在舉行，我直接朝港未來車站走去。還以為自己跑完會想吃個拉麵什麼的，現在卻一點食慾都沒有。

對了，得打個電話。大賽進行中，於公於私跟我都有好交情的前輩三浦純哥傳了訊息給我。三天前，三浦哥也傳了「馬拉松加油，我會打開電視看喔！」的訊息。今天他傳來的訊息是這樣的：

「不可以跑去跟魚君擊掌喔！」

所以我打了電話給他，報告「沒能跟魚君擊到掌」。三浦哥好像真的有盯著轉播看，聽說鏡頭轉到魚君身上好幾次。

「到最後都沒找到阿松你。」

「我隸屬的那區起跑太遲，又花了超過四小時才抵達終點，這種人怎麼可能被拍到。」

「不是有些明星或運動員去跑嗎？跟在他們旁邊跑就會被拍到了吧？」

「啊、我途中超車了縣知事。」

「你要是跟著他一起跑，一定會出現在轉播鏡頭中。」

跑完之後，能在回家路上聊這些垃圾話，實在沒有比這更開心的事。對運動沒興趣的三浦哥一直開著神奈川電視台的轉播看，光是這個就令我深感光榮，大受感動。不過，三浦純這個人果然會投出你想像不到的暴投。

「話說回來真了不起啊，馬拉松要跑很遠吧？多遠？三十公里左右？」

了不起的是你啊，三浦哥。

就這樣，結束了這一大盛事，也沒怎麼沉浸在餘韻中，我就搭電車回中目黑了。整理好東西，洗完澡，量了體重。出門前量的是六十三點三公斤，現在是六十一點二公斤。該說掉了兩公斤之多，還是說只掉了兩公斤才對呢。之後，我好好睡了個午覺，晚上去跟朋友喝酒。兩條腿硬梆梆的，走起路來吃力得很，而且果然喝醉得特別快。

隔天，雙腿感覺到前所未有的嚴重不適，看來昨天一定在哪個地方受到相當程度的創傷。

接著，我從這本散文的第十九回一口氣寫到這邊。

現在我滿腦子都是下個月上旬接連舉行的北海道馬拉松和大阪馬拉松報名日。

兩年前，從沒想過要跑步的我，為了克服自律神經失調和防止腰痛這種窩囊理由而開始跑步。

回想起來，第一次跑出的成績是「二點八公里，二十三分三十秒，每公里配速八分十九秒」。這種現在睡著也能跑的距離……不、要是睡著就不能跑了。話說回來，跑不到三公里，每公里配速竟然還超過八分鐘，到底有多沒用啊。我不由得驚愕無語。

反過來說，或許正因對跑步什麼都不懂，即使跑出這麼爛的成績，日後還是能持續下去。要是那時未來的我出現在自己眼前說「以後你能用不到五分鐘的配速跑完二十公里喔」，在燃起希望之前，一定先想「嗚哇，跑這麼遠……」而受不了，直接打了退堂鼓。

無知就是力量。從那天起，無論受傷幾次，我還是一股腦地跑下去。第七個月達成十公里，第八個月突破二十公里。跨越過彩虹大橋，繞著皇居跑過，橫渡多摩川，還記住了原本不會開車的我根本不熟的東京都內大小道路。自律神經的毛病依然沒好，但我還是繼續跑。在跑滿兩年的紀念時刻首次參加了馬拉松大賽，成功跑完四十二點一九五公里。

這就是我這兩年來跑步人生的紀錄。

正常來說，作家大概會在這裡導出某種人生教訓吧。但我心裡果然怎麼找也找不到那種漂亮的詞句。我只是跑步。儘管疲累還是去跑。儘管花時間還是去跑。儘管滿身臭汗依然要跑。

只是如此而已。跑步這件事對我而言，已經沒有目的也沒有結果，失去任何功效或成果，甚至連跑步的欲望都已不復存在。總覺得，我只是理所當然地跑步。單純只是，無法戒掉。

此刻，我深深覺得。

跑步的人果然都是笨蛋。

RUNNING LOG 2016年3月13日 42.195km

023

巨大不明生物RUN

上次總算像樣地收了尾，那之後，又過了七個月。

接下來這段日子，距離沒有拉長多少，時間也沒有縮短多少，每三天跑一次，每次大概跑十五到二十公里，配速落在每公里五分鐘左右（盛暑天就要將近六分鐘）。既沒有發生新的趣事可談，也沒找到驚人的路線可跑，連受傷休息都沒有，就只是一個勁兒默默跑而已。

大阪馬拉松沒抽中，金澤馬拉松抽中了。聽說這次的金澤馬拉松才第二屆。

差不多該為金澤馬做準備，開始慢慢拉長距離了吧，這麼想著，九月下旬開始，我盡量都會跑超過二十公里。就在這當中的十月，決定執行「哥吉拉RUN」。

「決定執行」，這句話有些人或許輕描淡寫就讀過去了，其實那年《正宗哥吉拉》上映後，我深深迷上這部電影。透過電影雜誌上的連載盡情傾吐我對這部電影的情感還不夠，立刻跑去看了第二次。到最後，每天晚上都掛在網路上搜尋哥吉拉走過的路線。

順帶一提，第四型態（第二次登場的哥吉拉狀態）從鎌倉登陸，途經武藏小杉，越過丸子橋後，似乎沒走中原街道，而是沿目黑通朝東京都心前進。「為什麼不乾脆踩扁我家（中目黑）」，懷著這不正經的憤怒，我當然立刻跑了丸子橋這條路線。被哥吉拉破壞殆盡的丸子橋早就完好如初地架回多摩川上了，我們日本人真優秀。

第一次登陸時，第二型態的哥吉拉沿吞川大鬧蒲田，成為第三型態後，站起來朝都心前進，越過品川和北品川之間，從八山橋回東京灣去了。我去台場跑步時常經過八山橋，京濱急行的平交道那一帶路也很熟悉。所以，這條路線我也馬上去跑了。還是得說，我們日本人到底有多優秀啊，沿途已經完全看不出哥吉拉肆虐過的痕跡了呢。

謝謝大家耐著性子看完我這兩段腦袋有病的文章。此前我沒遠征過蒲田，原因除了跑到那邊就會超過二十公里外，不管怎麼說，對這一帶的地形真的很不熟。加上我個人的偏見（請見諒），總認為這附近和我老家葛飾區及足立區差不多，甚至看起來比那兩個地方「更恐怖」。我揮不去這個刻板印象，也就提不起勇氣踏足此地了。

可是，這次終於忍不住。對了，知道的人應該就知道，哥吉拉的第二型態因為太噁心反而大受好評，網路上都暱稱牠為「蒲田君」。

我想去見蒲田君。

腦袋有病的我，上網查詢前往蒲田的最短距離，出門上路。

腳步比往常還輕盈，久違地湧現「想去那裡看看」的心情，讓我想起剛開始跑步時的強烈動機。不只如此，我第一次跑從武藏小山到馬込的這條小路，自然更加期待。

跑到馬込就會碰到東海道新幹線，所以我變更當初的路線，暫且沿著鐵路軌道跑了好一段路。畢竟哥吉拉的最後一段情節中，令戰爭一觸即發的導火線就是新幹線。啊、我得忍住別再提到電影了（而且還爆雷）。終於抵達吞川，從這邊往南跑。路上行人不久前還在巨大不明生物的威脅下嚇得瑟瑟發抖，現在卻像完全忘了這回事似的過著平靜的生活（又快變成腦袋有病的文章了，以下內容請容我在此割愛）。

東海道本線的鐵軌映入眼簾，終於抵達蒲田車站。

喔喔，這裡就是蒲田嗎。初次來訪，是說，既然初次來訪也是理所當然，來了才發現，我根本不知道那數量驚人的臨時演員逃難的場所在哪。明明是個神經質又愛瞎操心的人，竟然忘了先把外景拍攝地查好再出發。我就是這樣，總在最重要的時候出紕漏。

直接沿著呑川跑，不久又看見京急蒲田車站。對喔，聽人說過蒲田有兩個車站，沒想到距離真的相隔這麼遠。對蒲田君如此嚮往，對蒲田這地方卻什麼都不懂。

好，接下來出現問題了。只要繼續沿呑川往羽田方向跑，就能享受完美的哥吉拉路線。可是，跑到哪裡總距離會超過三十公里。

右腿隱約感覺有點累了，這時應該別勉強，從第一京濱沿京急線跑回去才對。就這樣吧，沿著除了去羽田機場外，沒事不會搭的京急線跑。這麼說來，我好像也是第一次來大森。

咦，右腿果然有點不太對勁。

平和島、立會川、鮫洲、青物橫丁……一路這樣跑下去，跑到一個叫新馬場的地方，與山手通交會。以車站來說的話，接下來將經過北品川，然後就到品川了。八山橋在這兩個車站中間。可是，懂得冷靜判斷的我沒有繼續勉強自己，決定直接上山手通跑回中目黑。完美的哥吉拉路線下次再跑吧。下次說不定可以跑到東京車站，這條路線好像也不錯。

然而，我雖然做得出如此從容不迫的盤算，這個「冷靜的判斷」早在跑過呑川一帶時就該下了，我卻錯失這時機。

這天腳痛得連自己都知道「好像跑太過頭了」。隔天醒來，啪嘰啪嘰，我右腳踝的挫傷也宣告進化為第二型態。

惡化到坐著不動都會痛的程度，別說爬樓梯，連在平地上走路都很吃力。不得不輕輕拖著右腳走路。

久違地，搞砸了。

但我也不是笨蛋。至今已經歷過好幾次「腳痛、可是想跑步，所以去跑步，於是腳更痛」的惡性循環。再怎麼樣也學到教訓的我，發揮鋼鐵般的意志力，下定決心中斷每三天一次的跑步。

反正只要休息幾天就會好了吧。金澤馬拉松前嚴禁硬跑。

儘管這麼想，這次無論休息多久都沒好。只要一對腳踝造成負擔就刺痛，為了以保護脆弱腳踝的姿勢走路，兩隻腳的小腿和大腿變得僵硬緊繃。

十天後，離金澤馬拉松不到一星期了，我不由得焦慮起來。去平常針灸治療腰痛的地方，請師傅特地幫我針灸腳踝。到這裡為止還好，沒想到，把平常背部和腰部用的低頻電療器貼在僵硬得不得了的右小腿，啟動治療器的瞬間，悲劇發生了。

唔————！

使用電療器的目的本該是治療，這下竟造成小腿用力抽筋。大概為了保護腳踝，疲累的小腿已經相當腫脹了，電療完全造成反效果。最後，變成非常嚴重的挫傷。

五天後，十月二十三日星期六。我帶著右小腿的不定時炸彈，搭乘北陸新幹線前往金澤。

搭電車還帶炸彈，最近似乎不太適合用這種比喻啊。不是、《正宗哥吉拉》最後也是新幹線上的炸彈……（強制收尾）。

RUNNING LOG 2016年10月7日 25.81km

023

巨大不明生物 RUN

START	中目黑
GOAL	中目黑
RANGE	25.81 Km

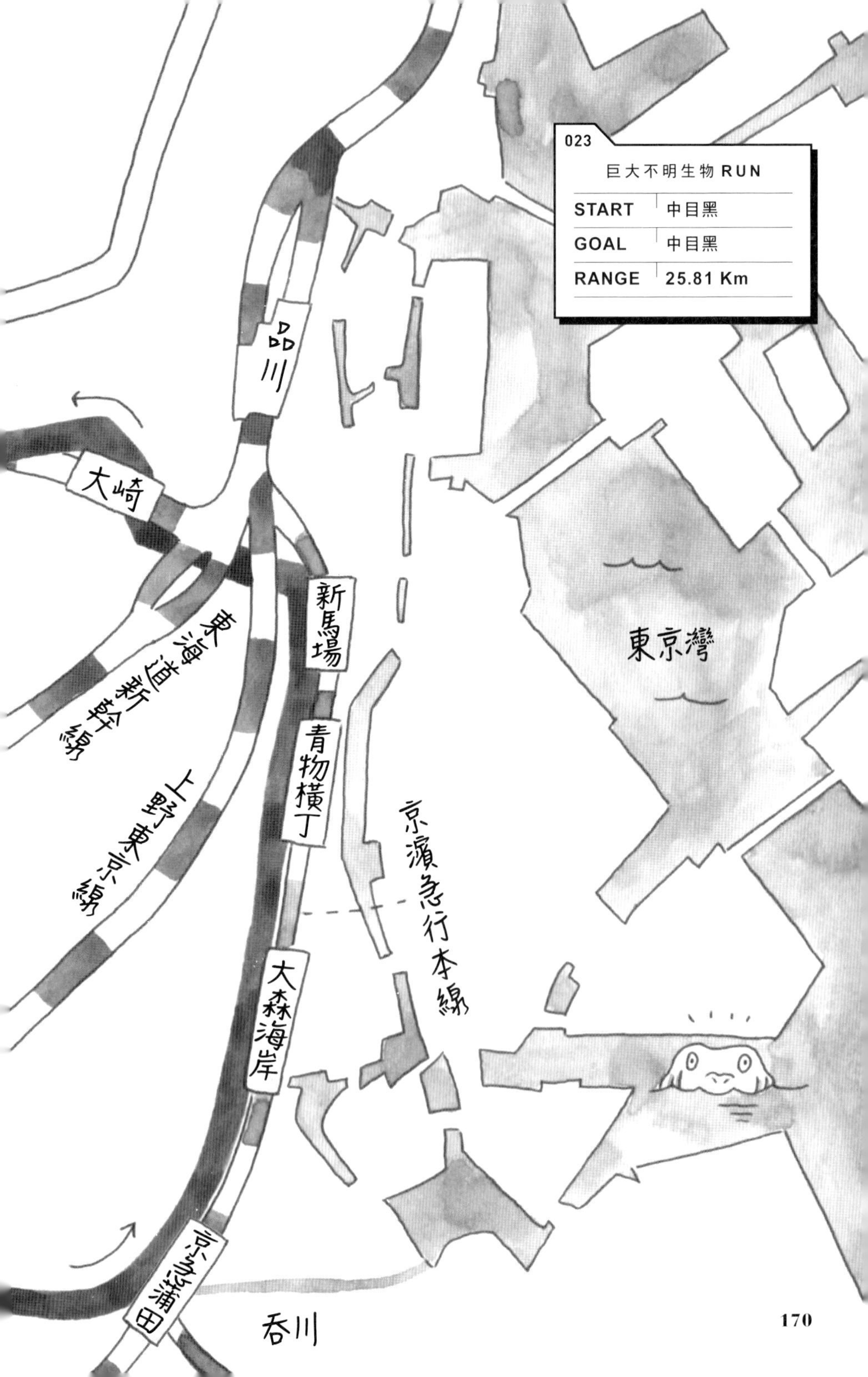

東急東橫線
中目黑
代官山
惠比壽
目黑
埼京線
五反田
GOAL!
START
武藏小山
東急目黑線
1
池上本門寺
卍
蒲田

024 然後是金澤

結果，跑完哥吉拉路線後就再也沒有跑步，帶著右腳踝與右小腿依然未消的不適，我在大賽前一天傍晚來到金澤。

報到處設在車站旁邊的設施內，辦完報到手續後，前往站前一間全日本都有連鎖的商務旅館 Check in，以敲詐價格……不、是旺季價格住進宛如單人牢房的房間。

一般人在跑馬拉松大賽的前一天晚上應該不會喝酒，但我這人是不能一天沒有酒的。真要說起來，平常我跑步的原因中，「為了消前一晚的酒意」應該也佔了百分之幾吧。這種錯誤行為沒必要在這裡大聲宣佈就是。

和住在金澤的朋友一家聚餐喝酒，回到飯店後，又去餐酒廳吃蕎麥麵配 Chu-hai。不

過，我有在確保能睡滿八小時的時間回房間。

然而，不知是喝了酒的關係，還是狹小房間裡的床太硬，又或是因為我向來過著夜行性生活，不、最大的原因應該還是對腳能否撐過明天大賽的擔心，總之我一直睡不著。睡著也馬上醒來。反覆睡睡醒醒，實質上只睡了三小時，天就亮了。

在右腿上貼藥布，上面再第一次纏上繃帶。總覺得，好像很專業。裝模作樣擺出了專業跑者的架勢。

從車站前開往起跑地點的接駁車票，昨天就已經賣光了。所以，我只能喀啦喀啦拉著行李箱，徒步二十分鐘到金澤城公園。

八點五十起跑。此一階段我最注意的，是不要讓腳踝做出大幅扭動的動作，並提醒自己就算跑得慢也沒關係（早已放棄四小時內跑完的願望），為了達成完賽目標，必須以慢速前進。沒有確認手錶，頂多只能依賴自己的直覺。至少我一直告訴自己不要心急，不要堅持平常的每公里五分鐘配速，每公里大概跑五分半就行了。

完全不熟金澤的路，一開始根本不知道要在哪裡跑、怎麼跑。前面寫過，橫濱馬拉松時沿途的義工都是可愛女孩，這邊則呃……大致上來說都是妙齡阿姨。沒有啦，大家都很美啦。

右腳踝不時出現「啪嘰」的預感。每次我都放慢速度，小心不要扭到腳踝，用幾近走路的速度勉強騙自己「有在跑」。差不多跑了十公里後，只要一有「啪嘰」的感覺，我就立刻停下腳步，做點簡單的拉筋伸展。

路線從一個叫天神町的地方經過，道路不寬，街頭風景很有情調。

啪嘰啪嘰啪嘰。事情變得很不妙了。我甚至無法再騙自己「有在跑」，清楚感覺到腿上傳來一股令人抗拒的不適感。借用路邊民宅的停車場，比剛才更徹底也更小心地慢慢拉筋。

順道一提，或許在其他馬拉松大賽上這種事很正常，但橫濱馬碰巧沒有這樣，所以，金澤馬有件事讓我大受衝擊。那就是，供水站雖然提供香蕉，卻全部都剝好皮，切成三公分左右的長度。

不、當然很感謝主辦單位的費心。但是，看到汗溼淋漓的大叔們（包括我在內）紛紛直接把手伸進放有香蕉的托盤，盤子裡的香蕉都被戳得有點軟爛了。潔癖症還滿嚴重的我，真心希望能提供沒剝皮的香蕉。

不過，更驚人的是「鹽」。儘管也有提供鹽糖的地方，看到寫著「鹽」的牌子時，我探頭過去一看，托盤裡放的竟然真的是一堆鹽巴。

看見跑進供水站，用汗溼淋漓的手與手指，毫不留情插進鹽堆裡抓起一把鹽的大叔們（包括我在內），總覺得那堆鹽巴應該摻了不少性質不一樣的鹽。但我只能以大局為重，模仿其他人進行了一樣的儀式。想必我的手也朝那堆鹽巴裡投入不少鹽份。

事實上，我沒有太多心力計較這種事了。跑過二十公里後，右腳終於「啪嘰」一聲停止動作。完全如字面所示，再也動不了。就算想慢慢移動到旁邊，腳才剛碰到地面就是一陣劇痛。只能說，到此為止了嗎。不是直接棄權，就是因為卡關，被搬上卡車帶到終點，如同民謠〈多娜多娜〉[1]裡的牛一樣任人帶走宰割嗎。

好不容易移動到不會妨礙其他跑者的地方，脫下鞋子，讓發出抗議的右腳好好休息。你做得很好，已經很棒了，誰也不會笑你，要為自己感到驕傲。

受傷的業餘跑者，還以為自己是專業跑者嗎。

後來調查才知道，跑到正好中間點的二十一公里為止，我幾乎都有好好維持在每公里六分鐘的緩慢配速。

話雖如此，真的很不甘心啊。終究是快四十八歲的人，以為只是小挫傷，不料過了兩星期都無法痊癒。勉強自己跑步，下場就是會像這樣真的受傷。

抬頭看金澤天空的陰霾。嗯……毫無感慨。

既然都來了，看能走到哪就走到哪吧。我重新穿上鞋子，盡可能找尋腳不會痛的點站穩，慢慢走了起來。

走了一公里左右，忽然覺得咦？好像愈來愈不痛了？嘗試跑跑看，嗯，或許可行。小跑了五百公尺，啪嘰啪嘰，糟糕，那個又來了。停下來拉筋，再慢慢開始走。喔？好像又能跑了？

就這樣反反覆覆，目標切換為「總之不要變成多娜多娜」。即使再慢，只要能靠自己走完全程就好。

過三十公里處後，幾乎都是徒步了。剩下七公里左右，又開始跑、停、走、跑的循環，速度也稍微加快了一些。這條路究竟何時才到終點呢。帶著無處宣洩的焦躁，繼續往前。

是啊，我只能繼續往前了。欸，結尾怎麼忽然變的這麼青春。是說我是誰。

結果，花了五小時十一分十八秒完賽。別說在四小時內跑完，甚至還超過五小時。只能說至少沒有變成多娜多娜。

完賽最讚。挫傷報到。疲勞困頓。

回程預約的是晚上七點多的北陸新幹線。抵達終點後，原本想說既然都來金澤了，順便觀光一下吧。沒想到會變成這個狀況，拖著抵達終點後舉步艱難的身體，結果只在車站附近的壽司店吃了飯，再去車站裡泡了幾間咖啡店消磨時間，結束這趟金澤之旅。

那麼，開始跑步兩年半，有過兩次大賽經驗的我，名符其實靠自己雙腿找到了跑步這件事的真髓。最後，我想以這句話來做總結。

要是受了傷，千萬別再跑。

連小孩都知道的道理是嗎。

（連載結束……才怪！）

1 多娜多娜〈Donna Donna〉是一首中東歌謠，被改編為多國語言版本，歌詞講述一隻即將被送去市場任人宰割的小牛，以及對比自在的風和燕子。

RUNNING LOG 2016年10月23日 42.195km

025

第三年的幹勁

二十四回通篇讀下來，怎覺得我好像一天到晚受傷，是說實際上也真的都在受傷啦。只是，受傷的事寫下來難免特別顯眼，其實大部分時候還是跑得很開心的。

金澤馬拉松的一個半月後，十一月二十七日，我還去跑了「第一屆目黑城市馬拉松」。畢竟是自家附近，從中目黑的目黑區公所前起跑，途經駒澤通，在駒澤公園前的自由通左轉，再沿目黑通跑向大鳥神社，然後跑山手通回來。完全是我跑過幾十次幾百次的路線。正好十公里。

紀錄是四十六分五十二秒。配速比平常快，不開玩笑，真的是因為眼前一直有個漂亮小姐，我就一路跟在她屁股後面跑。小姐的配速完全沒有慢下來，我又怎麼能變慢呢。這

一定就是所謂配速員吧，不是喔？

好的，開始跑步三年，四十八歲這年春天，三月，我在三條新的跑步路線中得到樂趣。

首先是三月一日，因為工作緣故前往名古屋。晚上工作結束後去喝酒，要是以前一定喝到天亮，然後在飯店睡到退房前一刻。但是這天，我喝得很節制，隔天早上七點就起床了。為的是「名古屋ＲＵＮ」。

說起來就是之前遠征大阪的第二彈。還要找換衣服的場地，擔心淋浴問題實在太麻煩了。既然如此，不如早起跑一跑，退房前回飯店還比較好。這麼簡單的事我竟然現在才發現。

從位於榮町的便宜飯店出發，姑且先繞名古屋城跑一圈當觀光。接下來配合我個人的嗜好，一路朝名古屋巨蛋前進。之前已經查到，因為現在不是球季，週邊商品店沒開，即使如此，我還是想去多亞拉[1]的聖地看看。

然後，就去了。週邊商品店前立著通知店鋪關閉的多亞拉看板。初老的男人忍不住停下腳步，和多亞拉拍了自拍照。幸好旁邊都沒人。

繞名古屋巨蛋跑一圈，回到榮町。距離十五點三一公里，時間一小時二十二分二十五秒，每公里配速五分二十三秒。配速稍微慢了點，不是因為前面沒有漂亮小姐的屁股，都是和多亞拉卿卿我我太久害的。

在這樣的「名古屋RUN」過後，三月十六日，我又進行了「羽田RUN」。下定決心去羽田跑步，最大原因是那一星期前完成的小說新作，以七〇年代的羽田機場為故事舞台。不過，自從能跑二十公里之後，羽田早已是我嚮往跑步的地方。

很多人不知道羽田機場可以徒步前往。從環狀八號線繼續往前，繞機場一圈到最旁邊，有一條通往航廈的路。

只不過，從中目黑到羽田的距離約二十公里。假設來回各跑一趟，就等於是一次全馬了。這麼一來，還是用「搭電車RUN」的方式，先搭京急線或東京單軌電車到機場，再從那邊跑回來吧。但是，從中目黑到那邊的交通方式，說起來也挺麻煩又耗時。

因此，我一直沒能實行嚮往的羽田RUN。然而，前些天的「哥吉拉RUN」，讓我有了一個想法。

哥吉拉RUN的主要範圍是蒲田，而從中目黑到蒲田，搭東急線只要換一次車就去得了。即使蒲田和羽田不到眼睛與鼻子那麼近的距離，倒也不算太遠。

我立刻「用地圖測量距離」。蒲田和羽田機場中間隔著海老取川，從蒲田跑到海老取川上的穴森橋是四公里。但是，從穴森橋到航廈來回就要八公里。把回中目黑的路程也考慮進去的話，這條路線就會超過二十五公里。

所以，這次我先放棄去航廈。從蒲田出發，跑到穴森橋後轉往東京單軌電車沿線，在整備場站附近悠閒跑一跑再回來。接著前往「哥吉拉 RUN」時不得不放棄的呑川下游，再從蒲田跑最短路徑回中目黑。總距離十八點六五公里，花費時間一小時三十五分四十四秒，每公里配速為五分八秒。

最後，是「神宮開幕賽 RUN」。

我有著「不拿來當工作的三大嗜好」，分別是欣賞A片、欣賞神宮球場裡的燕九郎以及跑步（第一項嗜好請大家不要深究）。神宮開幕賽 RUN 豈不是能同時享受到其中兩種嗎！我怎麼一直沒發現！

視力太差的我晚上無法跑步，所以不能看夜間球賽。開幕賽是白天，時間上也剛剛好。再者，身為養樂多燕子隊球迷俱樂部會員的我，開幕賽可以免費拿到內野好位子的票。

就這樣，三月十九日與二十二日各一次，換上運動衣，我名符其實從中目黑跑進單程距離五公里多一點的神宮球場。防風夾克底下事先穿好復刻球衣，進入球場後改套在外面，拿 iPhone 隔著護網對燕九郎喀嚓喀嚓狂拍，比賽結束後再用跑的回家。

多麼有效率。多麼符合經濟效益。多麼健全。

錦標賽的日間賽事多半在週六週日舉行，想這樣雙手空空悠哉觀賽大概很難，就留待明年開幕賽再繼續享受這個樂趣吧。不過，我已經打定主意，明年幾乎所有賽事都要這麼做，從一年前的現在就開始期待了。

好的，言歸正傳。什麼，現在才言歸正傳嗎！

上述羽田RUN與神宮開幕賽RUN之間，我的跑步人生也到達了一個巔峰。

沒錯，那就是這本散文確定要在《Tarzan》雜誌上進行連載了。

直到三年前，整整三十五年完全不做任何運動的我。三年前，連一百公尺都跑不完的我。到底有誰能預料到，現在竟然會在《Tarzan》雜誌上寫連載呢。我自己第一個就料想不到。

不只如此，這件事決定得很快。起初是一位關照了我二十年的自由編輯前輩，來找我接受另一本雜誌的專訪。那時，我忽然想起自己在沒被任何人委託下自己寫開心的這些散文。

沒錯，其實《原本以為跑步的人都是笨蛋》一直寫到二十四回都沒在任何地方連載或刊登，也沒投稿任何出版社，一點一滴慢慢寫就累積這麼多了。

「是這樣的，其實最近我寫了這樣的散文」，我在信裡這麼說著，除了回覆對方的採訪邀約外，還附上已經寫好的幾篇原稿。前輩很快回信說「已經轉寄給認識的《Tarzan》雜誌編輯囉」。

哇！太感謝了。才剛這麼一想，隔天就接到《Tarzan》編輯部的聯絡，對方說「很有趣，我們來連載吧！」不愧是能力強的編輯和編輯部，無論工作或決定都做得很快（馬上用時速十二公里的速度拍了馬屁）。

總共跑超過四百五十次，花費時間超過五百小時，跑步距離累計突破五千公里。這是三年來最大的獎賞了。下個連載應該會在《Sports Graphic Number》雜誌上吧……啊、我什麼都沒說。

和《Tarzan》編輯部的大家第一次開會討論那天晚上，我迫不及待對平時去的居酒屋小哥炫耀了。

「我不是常說自己有『不會拿來當工作的三大嗜好』嗎？現在其中之一終於也要成為工作了。」

「真的假的！是SOD嗎？」

到底為什麼會想到那邊去呢。

1 多亞拉是日本職棒中日龍隊的吉祥物。

RUNNING LOG 2017年3月2日 15.31km

026

北島SUB4

開始在《Tarzan》雜誌連載後，我當然期待可以靠某種關係？走某種後門？可惜，東京馬拉松依然沒抽中。《Tarzan》哪，你不是健康與運動的大本營雜誌嗎？不、一定是說什麼「跑步的人都是笨蛋」的我不好（因為最近有很多人看不懂反串，特此聲明東京馬拉松和《Tarzan》雜誌當然沒有任何關係，也不可能走後門）。

不只東京馬拉松，連我最喜歡，非常想去的城市福岡馬拉松及大阪馬拉松都沒抽中。離家很近所以想去參加的世田谷半馬也二度落選。

不過同時，在東京、福岡、大阪與世田谷紛紛落選後，橫濱馬拉松抽中了第二次，神戶馬拉松排上候補，京都馬拉松和目黑城市馬拉松的當選通知也陸續寄來。然後，我接下

來要寫的好像是很沒禮貌的話。

對，抽是抽中了，但為什麼是橫濱？橫濱馬拉松你是怎麼了？真的這麼愛我嗎？好吧，為了不辜負你的期待，這次一定跑出比上次更好的成績（敬請期待）！

四個月後的橫濱馬拉松，因颱風停辦（敬請期待松久老師下次的參賽）。

一萬五千圓（參加費）只換來一件紀念T恤，橫濱馬就這麼結束了。

接著，橫濱馬拉松停辦的三星期後，我有生以來初次造訪了神戶。

話說回來，我之所以開始跑步，是為了改善自律神經失調症和腰痛的毛病。然而，兩者發作的頻率至今依舊。不只如此，神戶馬拉松的一星期前，我的自律神經又開始發瘋，抵達神戶時，腰部和背部的腫脹還沒完全好。

就算這樣，只要一踏上神戶街道開始跑步，一定會忘了這檔事，整個人精神振奮起來。啊、已經開始跑了嗎。

一如往常，我放慢配速，保持愉悅的心情持續跑。大概保持在一公里將近六分鐘的配速吧。不管是私底下自己跑步還是橫濱馬拉松，我往往先以一公里五分鐘的配速跑，超過二十公里後配速忽然掉到七分鐘以上。這次一定要避免這個狀況。

一邊跑，腦中一邊思考原稿如何編排。「由於此一策略奏效，我終於成功跑進四小時，也就是所謂的ＳＵＢ４」……唔嗯，看起來很不錯。

可是，讀到這邊的各位美女讀者，久等了。事情不會進展得這麼順利就是我的特色。過折返點後不久，右腳腳底開始覺得怪怪的。在那之前一直沒停下來過，這時不得不停在路邊脫下跑鞋。感覺是碎石子或木屑、樹葉等東西掉進去了。這種東西通常小到肉眼不容易看見，得脫下鞋子拍一拍、抖一抖才能繼續跑。

這麼停下來搞了三次，我終於發現，腳底怪怪的感覺不是因為一直有碎石子黏在上面。跑步這麼久，我還是第一次發生這種事，腳底長小水泡了。而且水泡還愈來愈大。為什麼偏偏是現在，為什麼在我人都來到神戶跑全馬了，才發生這種事呢。我用力踩地，當然很痛。只好避開痛點，用不正確的姿勢跑步。結果就是整條右腿都不對勁了。為了保護右腿，造成左腿也開始不對勁。過三十公里後，幾乎陷入與金澤馬拉松差不多的狀態。

結果，完賽成績是四小時五十五分三十秒。

說什麼想跑進ＳＵＢ４，結果卻是勉強沒超過五小時。這時的我，秉持自身經驗終於有所自覺。

「馬拉松的成績，是連身體狀況和意外狀況一併算進去的結果。」

如果這是雜誌專訪，這句名言一定會特地挑出來放在大頭照旁當大標。只可惜，講這句話的人不是一流跑者，只是個五小時跑者，沒有比這更令人失落的事。

兩條腿硬梆梆的，根本沒法好好享受神戶的下午，比賽一結束就從新神戶搭上新幹線回東京了。筋疲力盡的我，睡著前最後一刻想的是「最後五公里為我獻上驚濤駭浪般打氣聲的活力十足神戶女生們，不曉得在哪裡開慶功宴……」

再來，是第二次的目黑城市馬拉松。依舊拜追著漂亮屁股之賜（是真的），成績比去年更縮短，十公里跑出了四十五分十九秒。

過完年後，二月與那位東浦寨奧運馬拉松代表選手再次見面，同為跑者，暢談了不少有意義的話題。明明彼此成績相差兩小時之多，我還說這種大話，真是抱歉啊，貓廣志兄。

兩星期後，誓言一雪金澤與神戶不中用的前恥，我迎向了京都馬拉松。沒想到竟然和神戶那時一樣，大賽四天前自律神經失調再次復發，帶著腫脹的背部與腰部出征。

難道是挑戰馬拉松大賽的壓力引發這種症狀了嗎。本書最後的最後竟然可能以這個猜測收尾，無論如何，我還是去跑了。

結果，跑出四小時十四分十六秒的成績。

儘管沒能跑出SUB4，至少比第一次跑橫濱馬拉松時的紀錄縮短了將近十分鐘。在背部與腰部腫痛的狀況下，加上在酷寒的天氣中起跑，最初五公里腳尖凍得一點感覺都沒有，卻跑出了自己至今最佳的正式紀錄。

原因會是什麼呢。是跑前一個月，為了避免受傷，練跑時都控制在十公里以內的緣故嗎？還是跑前先在不知何時會痛起來的左小腿上貼藥布的關係呢？

也可能是因為託再次與貓兒見面的福，我終於開始做起之前萬分抗拒的深蹲（為什麼不早點開始呢）。又或者是原本一天順暢大便兩次的我，因為緊張的關係大賽前一天沒大便，將能量好好保存在體內了嗎（髒死了）。還是說，前一天抵達京都時雖然理所當然有喝酒，但在大賽開始前十二小時就放下酒杯的成果？（那就別喝啊）。

完賽後，我對堅持住沒有受傷的左小腿說聲「辛苦了」，心情就像前一天在平昌冬奧上做出拿下金牌的演出後，對右腿獻上感謝的羽生結弦。私自將羽生結弦和自己畫上等號，應該很多人想抗議，恕不接受任何直接客訴。

這麼說來，很多馬拉松節目最後，都會安排完賽後求婚或收到孩子感謝信等充滿淚水的感人橋段。沒有得到任何人嘉許的我算什麼。不、我又不是為了獲得嘉許才開始跑步。

雖然差點產生誤會，開始跑步整整四年了。最初的兩年，包括距離和時間在內，身上出現了各種變化，後面兩年的跑步人生就是普通的例行公事了。

四十五歲開始跑步的我，今年將滿五十歲。還能再跑幾年呢？我希望能盡可能跑得久一點。在這本書即將進入尾聲的現在，我正想著這樣的事。

對了，每次看到「SUB3[1]」的時候，不知為何腦中都會浮現北島三郎的臉，該不會只有我這樣吧？

欸？竟然用這種方式結束了？

1 北島三郎是日本知名老牌演歌歌手，名字「三郎」的發音為「SUBRO」。

RUNNING LOG 2018年2月17日 42.195km

【對談】

貓廣志×松久淳

真心想跑進SUB4的話，就要能做到「邊跑邊尿」才行！

松久（以下簡稱松）：首先，我這種跑個全馬還會超過四小時的大叔寫的書，竟然能邀請到貓兄登場，真是教人惶恐！

貓廣志（以下簡稱貓）：沒有啦~別這麼說、別這麼說。

松：回想第一次與貓兄見面，是《TBS全明星感謝祭》現場轉播節目的前一天，和貓兄一起參加了喝酒的聚會呢。貓兄不會喝酒，從頭到尾都在喝茶，跟大家一起喝到天亮。我晚上起床打開電視一看，貓兄竟然在赤坂跑馬拉松（笑）。要是沒陪我們喝到天亮，一定能跑出更快的成績吧。對此我深切反省了。

貓：正是那個節目催生了奧運選手貓廣志喔！這麼說起來，去年（二〇一八年）還碰巧在惠比壽花園廣場遇到正在跑步的松久先生。

松：當時我穿著運動衣，貓兄穿一身正式西裝，打扮根本相反了嘛（笑）。不過，雖說同樣是跑馬拉松，我和貓兄等級完全不同。您是在那次全明星感謝祭後才正式把馬拉松當競技項目來投入的嗎？

貓廣志
（Neko Hiroshi）

一九七七年出生於千葉縣。以觀眾們熟悉的「喵」叫聲闖出知名度，成為日本家喻戶曉的搞笑藝人。開始跑馬拉松幾年後達成SUB3，二〇一一年為了成為奧運選手，將國籍改為柬埔寨（代表柬埔寨出賽）。二〇一六年參加里約熱內盧奧運，全程馬拉松的最佳成績為兩小時二十七分五十二秒（二〇一五年東京馬拉松時的成績）。專長是用柬埔寨話連講一百個搞笑哏。

貓：那次節目後，我參加了第二屆東京馬拉松（二〇〇八年／成績三小時四十八分），之後就聘請了教練，完全迷上這項運動。

松：第一次跑馬拉松就跑進四小時內，真是厲害。

貓：一開始我就打算跑進四小時內喔，途中去了四次廁所，還大了一次便（笑）。

松：欸？然後還能跑出那麼好的成績？

貓：教練教我間歇跑法和 Build-up 跑法（每五公里提高一次配速的練習）之後，速度立刻快起來，簡直可以說我整個人就是進步的代名詞（笑）。

松：雖然我出了這種跑步書，其實從來沒讀過任何所謂傳授跑步要訣的書。完全靠自己摸索……

貓：讀了松久先生的文章後，我今天帶了幾項建議來喔！

松：真，真的嗎？

貓：那就開始了。首先，如果想在全馬跑出SUB4，大賽一個月前至少要跑一次四十公里。這麼一來才能抓住正式比賽的感覺，也能掌握住上廁所的頻率。您平常都跑多長距離？

松：我三天跑步一次，每次大概十五到二十公里。因為發現這麼跑起來不會累也不會受傷，可以持續得下去。這個距離跑起來很舒服，還能去適度的遠方看不同景色。要是只跑五公里左右，感覺跟在家附近散步沒兩樣。

貓：週末我經常受邀到各地當馬拉松大賽的參賽嘉賓，前一天一定會去當地跑步兼觀光。那我繼續給你建議喔，從大賽三天前開始，吃東西時要攝取偏多的碳水化合物。

舉辦馬拉松大賽的日子天氣多半很冷會一直想跑廁所……

松：啊、這個我每星期都有讀《Tarzan》雜誌所以知道，呃……是叫做醣原負荷法（Carbohydrate Loading）嗎？（笑）

貓：沒錯。那麼，跑步時您會去上廁所嗎？

松：全馬的話，途中大概會去個兩次。舉行馬拉松大賽的日子多半很冷，會一直想跑廁所……

貓：只要減少上廁所的時間，就能跑進四小時內喔！讓我來傳授您開跑前上廁所的密技。開始前總是得在冷風中等待起跑，忍不住就想尿尿了對吧？不用說，臨時公廁前一定大排長龍。這種時候，請穿上百元商店賣的上下成套雨衣，直到開跑前五分鐘才脫下，然後事先帶著攜帶式尿袋。萬一開跑前想尿尿，就把攜帶式尿袋塞進雨衣內，尿好後放進塑膠袋綁緊，再丟入垃圾桶。今年（二〇一九年）的東京馬拉松我也這麼做了，正在尿的時候，身旁的人慢條斯理跟我說：「貓兄，我跟你一樣」，沒想到竟然會在那種地方跟人一起尿尿！

松：這門檻實在太高了啦（笑）。還有，像我這樣排在比較慢起跑的隊伍時，光是走到起跑線都要花十分鐘左右，這段時間也常常會想上廁所。

貓：開始跑步後如果想尿尿，請毫不猶豫「邊跑邊尿」吧。原本隸屬實業團的職業選手也說，正式比賽中邊跑邊尿是天經地義的事。

松：哎呀～可是有點噁心……

貓：平常練跑時，都會知道公園或設施哪裡有廁所。像我在東浦寨練跑，往吳哥窟路上都會經過一間飯店，雖然不是我長期投宿的地方，卻是我「固定借廁所」的點，櫃台都認識我了，看到臉就會放我進去（笑）。對了松久先生，您會設定自己的全馬時數嗎？

松：完全不會，連一次都沒設定過，跑步時也不看手錶。雖然會戴著腰包，但手錶之類的我都嫌礙事，不喜歡戴。

貓：是喔～～（大驚失色），這樣全馬還能跑出四小時三分鐘，很厲害耶！

松：時間也是，跑到哪裡花幾分鐘之類的事從來沒想過，都是能跑到哪就跑到哪，結果就跑出這種時數了。

貓：欸～～～！（再次大驚失色）讓我來幫您設定跑步時數，松久先生肯定能跑進四小時！以我的狀況來說，如果事先設定好兩小時二十七分的目標時數，就會一直死守一公里三分三十秒的配速。

松：像我在岡山馬拉松（本書後記）的跑步策略，就是會被正式跑者詬病的作法。心想反正就算設定配速也不會順利，起跑後我都是按照一如往常的配速（每公里五分鐘）一路跑到二十公里處。這種時候也完全不看手錶，但事後看計測結果剛好都維持在五分鐘。二十公里後，速度果然就會變慢。

貓：不看錶都能跑出四小時三分鐘，今後最好按照配速跑比較好喔。

松：嗯……是叫做LSD（※長距離慢跑Long Slow Distance）嗎？跟邊跑邊尿一樣，對我來說都不容易辦到呢（笑）。

貓：還有就是導入強調緩急的間歇跑法，一定馬上就能跑進SUB4啦！

松：聊得愈來愈專業了，和本書內容有天壤之別……老實說，今年內我應該不可能實行LSD或間歇跑法……哎呀，不過明年開始吧，我會偷偷試試看貓式訣竅。

貓：用貓式訣竅跑，絕對會跑出SUB4！

松：馬拉松就是像這樣，在各種知識的增長中慢慢迷上的呢。像運動服也是，還沒開始跑步時，總覺得穿那樣好土，現在沒穿運動服我就不會跑了。還有，一開始覺得穿緊身褲好難為情，現在完全不介意。甚至跑完還學人家喝起乳清蛋白呢。深深體會到，人真的是會變的。五年前的我要是看見現在的自己，絕對會笑出來。

稍長的後記

沒想到在岡山創下新紀錄

跑步人生第五年，四十九歲的春天，這樣的好事終於也落到我頭上。

「請您務必來參加十一月舉行的『岡山馬拉松』」。

總算來了。包括東京馬拉松在內，各地馬拉松大賽都沒抽中的我，即將擁有參賽特權。隨你們怎麼說啦，靠關係、交換條件、揣摩上意、公關花酒！平常形象清高的我，靠檯面下的私相授受前進岡山！（為了看不懂反串的人姑且還是寫一下……算了，不想理會那種人）。

還有，在那兩星期前，我先參加了去年因颱風而停辦的橫濱馬拉松。簡單跟各位報告，完賽成績是四小時十六分兩秒。結果我還是一點進化都沒有，維持一定的潛力。說不定跑步實力其實有進步，但是和身體老化的程度成比例抵銷了？（這當然是毫無根據的發言）。

十一月十日，下個月就要迎向五十歲生日的我，在這最佳時間點來到岡山。五點整，走進事先相中的居酒屋。

先用大瓶啤酒乾杯。秋醬蝦（日本毛蝦）沾橘醋醬、醬煮長鰳魚等，點的都是平時罕見的瀨戶內海水產。這可真好吃，光是這樣來岡山這趟就值得了，酒也一杯接一杯。啤酒喝完換日本酒。點了常溫的岡山名酒加茂五葉，喝下去肚子都溫熱起來，搭鱈魚卵巢再配也不過。店內名產「紫蘇炸雞」配Highball，在當下客滿的店內熱鬧氣氛下進入舒適的微醺境界。「松久淳居酒屋放浪記」岡山篇，今晚就寫到這裡，大廚，再來一杯。

到底在寫什麼啊我。再說，跑馬拉松前根本不該喝這麼多酒。

到了大賽當天。無論是前一天的報到櫃台、行李寄放處，或是開跑後的供水站，岡山的志工多半是高中生。這些男孩女孩們都是些好孩子，善良得讓人想哭。我先在此寫下來，跑完後發獎牌的孩子和拿行李給我的孩子都用鼓掌和歡呼迎接，讓疲倦的初老大叔感動得真的差點哭出來。

這樣那樣的，八點四十五分，岡山馬拉松終於正式開跑。來吧，人家特地從東京邀請我來，我一定要跑出四小時二十分鐘內的成績給大家看！還真是不上不下的成績呢！

這次，我擬定了一個策略。既然每次跑到後半段速度就變慢，乾脆不要去想什麼配速，前半能跑多快就跑多快。按照平時速度，跑到無法繼續維持為止。跑累之後，剩下的路就順其自然吧。

然而，平常的跑速在一般馬拉松大賽上很難發揮。原因說來也簡單，那就是「人擠人」。起跑後好一段時間，大家就像擠在一起的湯圓，跑道也時寬時窄，彎來彎去，尤其是隸屬後段起跑的隊伍，往往無法一上路就施展自己平時的速度。

因此，我對自己隨便擬定的策略是否可行感到不安。沒想到，這個計畫在岡山馬拉松大賽完全可行。因為路線條件本身就很好，道路寬敞筆直，幾乎沒有高低落差，一路平坦。路旁景色優美，跑起來很輕鬆，得以維持自己平常的跑速。

不、可不是因為當受邀嘉賓才說這種拍馬屁的話，是真的。之所以這麼說，因為差不多跑到八公里左右時，我就從三小時三十分鐘的配速員身邊超車了。過往大賽中，我連他的車尾燈都看不見。當然，後面一定還會被他超越，但是現在只能盡可能拉開距離，保持步調繼續前進。

之後我才知道，前半段路線一如我的策略，即使跑步當下沒測時間，我卻精準地跑出了一小時四十四分的成績。平均配速正好一公里五分鐘。

然而，一過二十一公里，真的連自己都會笑出來的程度，速度明顯變慢。雙腿硬得像棍子，右側腹有點痛。不只如此，在這之前不久，右腳小指開始傳來陣陣刺痛，可能起水泡了。我想起上次跑神戶馬拉松時一直介意腳底起的水泡，這次決定不管怎樣都不要在意它，繼續跑下去。

到了二十三公里處，十五公里前被我超車的三小時三十分配速員帶著大群配合他速度的跑者，踩出轟隆地鳴從我身邊超車。

沒關係啦，早就預料到會這樣。話雖如此，老實說，還是會不甘心。

三十公里處，橫渡整條路線唯一高低起伏的地點，巨大的岡南大橋。下橋後沿著旭川跑，這段路跑來心曠神怡。雖然很舒服，但也從這時起，我的腳已經腫脹僵硬，每跑一公里就要重複一次跑、走、拉筋三部曲。

「前半段衝太快了，要好好考慮配速啊。」

雖然不知道會是誰，但肯定有人這麼說。

然而，前面也寫到，在供水處高中生們的加油打氣下，我重新振奮精神，沿途民眾的支援聲也成為助力。岡山這邊三十歲上下的美女很多，看得我嘴角上揚，就連愛情賓館的液晶廣告招牌上也打出「加油！」的字樣，推著我繼續前進。

可惜，三十六公里處過後，四小時的配速員無情超越了我。我一直追在他身後跑到三十七公里處，再往下就看不到他的背影了。

一路上停下來走了這麼多次，我早有無法達成四小時內跑完的心理準備。只是，內心仍暗自希望前半段的衝刺能為我存下更多達成SUB4的本錢。四小時的配速員從我身旁越過時，正是這個夢想被無情擊碎的瞬間。不過，這樣我也能乾脆放棄了。剩下五公里多，就讓我這預計跑四小時十多分鐘的跑者發揮實力，大顯身手吧。總覺得成語好像不是這麼用的。

就這樣反覆跑、走、拉筋，最後的一公里拚命向前跑，不讓自己停下來。終點是岡山縣綜合運動場的館場。

跑進館場時，看見大螢幕上投射的計時器，我不由得一陣錯愕。欸？騙人的吧？雖然沒人看見，但我真的名符其實睜圓了雙眼。接著，跑向終點。比起抵達終點的感動，內心充滿更多對數位計時器顯示時間的懷疑。

我竟然跑出四小時三分十六秒的成績。比過去任何一次都好。不但刷新自我紀錄，比之前最好的成績甚至縮短了整整十分鐘。

果然必須歸功好跑的路線嗎？還是要感謝高中生志工們熱情的加油打氣呢？拍了兩個馬屁。不、這不是拍馬屁，是真的，只有這兩個可能了。不過，我還是有個疑惑。

那位四小時的配速員，是不是跑太快了啊？

他超過我的時候，確實害我大受打擊。如果沒看到他，說不定我還能擠出一絲力氣，跑出更短時數也說不定。我現在講這種話，就是人家常說的「遷怒」。我自己也知道。

重看一次時數，前半段正如前面寫的，每公里配速五分鐘（時速十二公里），後半則落到每公里六分三十六秒（時速九公里）。完全按照我的策略發展，不知這麼說對不對，也很清楚以我這種跑法，真正專業的跑者一定無法接受，但我終究是跑出了自己的最佳成績。

結束後脫下襪子，發現右腳小指內出血，一口氣腫成了原本的一點五倍大。途中沒脫鞋襪檢查是對的。要是看到這副德性，我大概會擔心（噁心）到無法繼續跑步。

不過，小指內出血怎樣都無所謂了啦。接下來，我在岡山盡情玩樂了一番才回到東京。真開心。

其實寫到這裡收尾就好，我卻還想講一句多餘的。

動身去岡山前，收到東京馬拉松大人寄來的例行落選通知。

嘖。（希望我嘖的這一聲能傳進東京都廳）。

原本以為跑步的人都是笨蛋

作者｜松久淳
譯者｜邱香凝
責任編輯｜蔡亞霖
封面設計｜ Dinner Illustration
內文編排｜黃雅芬

發行人｜王榮文
出版發行｜遠流出版事業股份有限公司
地址｜台北市中山北路一段 11 號 13 樓
劃撥帳號｜ 0189456-1
電話｜ (02) 2571-0297
傳真｜ (02) 2571-0197

著作權顧問｜蕭雄淋律師
2022 年 11 月 1 日 初版一刷
定價｜新台幣 360 元
缺頁或破損的書，請寄回更換

ISBN ｜ 978-957-32-9771-0
YL 遠流博識網 http://www.ylib.com E-mail ｜ ylib@ylib.com

走る奴なんて馬鹿だと思ってた
by 松久淳

First Published in Japan 2019
Published by Yama-Kei Publishers Co., Ltd. Tokyo, JAPAN

原本以為跑步的人都是笨蛋 / 松久淳作 ; 邱香凝譯 .
-- 初版 . -- 臺北市 : 遠流出版事業股份有限公司 , 2022.11
面 ; 公分
ISBN 978-957-32-9771-0(平裝)
861.6 111014356